Best Time

白马时光

星空邮局

金鱼酱 著

FROM 武汉
TO 忽忽星球

百花洲文艺出版社

图书在版编目（CIP）数据

星空邮局 / 金鱼酱著 . —南昌 : 百花洲文艺出版社 , 2022.3
ISBN 978-7-5500-4607-8

Ⅰ . ①星… Ⅱ . ①金… Ⅲ . ①随笔—作品集—中国—当代 Ⅳ . ① I267.1

中国版本图书馆 CIP 数据核字（2022）第 002766 号

星空邮局
XINGKONG YOUJU
金鱼酱　著

出 版 人　章华荣
出 品 人　李国靖
特约监制　何亚娟　夏　童
责任编辑　黄文尹
特约策划　何亚娟
特约编辑　甜木酒　白音格力
营销编辑　王亚青
封面设计　樱　瑄
版式设计　陈　飞
封面绘图　金鱼酱
内文绘图　金鱼酱
出版发行　百花洲文艺出版社
社　　址　南昌市红谷滩区世贸路 898 号博能中心 I 期 A 座 20 楼
邮　　编　330038
经　　销　全国新华书店
印　　刷　三河市金元印装有限公司
开　　本　880mm × 1230mm　1/32
印　　张　8.75
字　　数　124 千字
版　　次　2022 年 3 月第 1 版
印　　次　2022 年 3 月第 1 次印刷
书　　号　ISBN 978-7-5500-4607-8
定　　价　49.80 元

赣版权登字：05-2022-11

发行电话　0791-86895108　　网　址　http://www.bhzwy.com
图书若有印装错误，影响阅读，可向承印厂联系调换。

谨以此书献给

所有爱过、哭过、失去过的人

你离开之后，

我依然热爱这个世界，

我想用爱去点亮自己和孩子的一生。

目录
Contents

悲伤的潮水退去了，留下平静的思念。我向着天边、
向着大海的方向，轻轻地与小忽道晚安。

人生不只生死与离别，还有四季与日夜。

我们应该把爸爸没有看到的美
好都去经历一次，我们要好好
地生活，不让爸爸担心。
他会一直陪着我们的，花生的
爸爸是隐形超人。

“花生啊，爸爸没办法回来了，但是花生可以像妈妈一样给爸爸写信。你知道吗？爸爸时常会去忽忽星球的星空邮局，去看看有没有人给他寄信。”

序章

打给忽忽星球的电话

“妈妈，你能告诉我，为什么爸爸必须去忽忽星球吗？”

“因为爸爸肚子里的小怪兽们太坏了，它们把爸爸的能量球全部吸走了，所以爸爸就飞回忽忽星球去补充能量了。”

“那他什么时候才能回来呢？”

我停顿了几秒钟，因为花生第一次这样反问我。在此之前，他从不会这么迫切地想要我回答。

我意识到花生真的一天天在长大，每一天、每一周、每个月，他都在发生变化。这其中的一些变化我能察觉到，但更多细微的情感变化，在不经意间悄然发生了。

我想，如果我能给予他光和热，他自然会朝着爱的方向走下去，哪怕带有一丝遗憾与感伤。

“花生啊，妈妈告诉你，爸爸没办法回来了，但是花生长大以后，可以去看望爸爸。花生也可以像妈妈一样给爸爸写信。你知道吗？爸爸时常会去忽忽星球的星空邮局，去看看有没有人给他寄信。”

“是真的吗？”

“当然啦！这都是爸爸回信时告诉妈妈的。”

“可是我现在还不太会写字，我能给爸爸打电话吗？”

“当然可以，你先想好要说的话，然后把你的小手贴近耳朵，对着天空，把你想说的话说出来就行了，爸爸的无线电话会接收到你的语音的。”

我起身趴在花生的小床围栏上，借着窗外的月光，看到了他认真的表情。月光沿着花生圆嘟嘟的脸蛋溜到他嘴边，他嘴里嘟囔着什么，小手指还在模仿我平时说话的一些动作。他会说什么呢？我既想听又不敢听，我怕他说出那句：爸爸，我很想你。

每当这六个字从花生的嘴巴里说出来时，我就无比心痛。我和小忽之间还有十六年的回忆，花生和他爸爸仅仅相处了两年的时光，而且时间已经模糊了太多记忆，只留下那些常常被我提起的片段。虽然爸爸的名字和长相花生记得清清楚楚，但也仅此而已了。

“爸爸，我很想你，现在我和妈妈要准备睡觉了。妈妈今天做了我最喜欢的番茄牛腩，她说这也是你最喜欢的菜。妈妈还给我买了一辆新的小汽车，因为我表现得好，我很乖。明天下午四点钟，妈妈会去接我放学，带我去游泳。爸爸，我会跳水了。爸爸，我在新的幼儿园里很开心，我的好朋友叫叮当。爸爸，我很想你……”

花生的最后一句话说完，房间里突然安静了，只能隐约听见窗外晚风拂过树叶的沙沙声。

我感觉花生快要哭了。当他开始说第一句话时，我已经捏紧了被子，脚指头都紧紧地扣住了床单，我连呼吸声都不敢出，努力让自己平静下来。

这通“电话”是我让花生打的，是我给他推开了童话世界的大门。他因为相信我，所以相信这扇门后有爸爸。我的初衷是希望花生别忘记小忽，这个“别忘记”里包含了他对爸爸的爱和思念。

作为成年人，我们都明白，但凡爱和思念夹杂在一起时，总少不了眼泪。但我不愿意花生想爸爸时流着眼泪，起码现在不要。我希望这份爱带着几分神秘，能让花生感到开心，并且抱有期待。

此时，如果我也由着自己的性子任情绪宣泄，那我们俩一定在抱头痛哭了。长此以往，“爸爸”这个话题将成为一颗催泪弹。但是，如果我能控制好自己的情绪，或许一切都将不同。我想，这是一个母亲必须拥有的坚强和勇气。

“是谁啊，是谁这么晚还在打电话啊？我是云朵大仙，花生小朋友，你拨打的语音电话要到明天早上才能被接通，因为你的小忽爸爸已经睡着啦。他的鼾声又响又长，就像一头大狮子在打呼噜一样。”我压低嗓音，像一位老先生一样，逗趣又夸张地回答着。

这时，我听到小床里传来“咯咯咯”的笑声，花生笑了。

关于云朵大仙的来历，我们又闲聊了一会儿。花生从小床围栏的缝里伸出了手，他牵着我的手，慢慢地进入了梦乡……

房间里再次陷入了安静。

晚上八点四十分，很多人的家里还亮着灯，有的人家可能还在谈笑风生或者吃夜宵。我没有立即从床上爬起来回到书房，而是躺在床上，静静地听着窗外传来的声音。

隔壁邻居家传来一家老小的嬉闹声，若隐若现的。我更喜欢安静的夜晚，而他们家充满幸福的声音隐隐地刺痛了我的心，我的眼泪不禁滑落下来。倒也不是那种止不住的伤心，只是在这样的一个夜晚，心中涌起的孤寂实在无处掩埋，只能让它化作眼泪流淌开来。

片刻之后，我还是起身去书房工作了。朦胧的夜色像一首忧郁的诗，不过，星星不都在天上陪伴着我吗？我也不算孤单。于是我提笔润字，这样的夜晚，还是该被温柔对待啊！

忽忽星球在天上，

去到那里的人们永远无法回来，

但他们能收到我们的信，

还有我们的思恋和喜乐。

我想让花生记住他的爸爸，不仅是名字和长相，更重要的是记住爸爸曾经对他的爱，以及那些还来不及付出的爱。

第一章

生活以痛吻我，我愿报之以歌

1

记得花生第一次问我“为什么不能再去医院看望爸爸”时，我真的很难过，甚至不敢抬头看他的眼睛。他每一次问起，我都低着头小声说：“以后都不能去医院看爸爸了，爸爸回忽忽星球了。”

很多人会对孩子说，离去的人去了一个很远很远的地方。我小时候也听过这种话，那时我就在想，很远很远的地方究竟是哪里呢？又到底有多远呢？小时候，家里人从来没有跟我提起过“死亡”这个话题。大人不仅不在孩子面前提起，大人之间也极力避免谈论这些。好像说了“死”字，死亡就会找上自己一样，“死”仿佛是一个晦气又带有霉运的字眼。

然而，越是被含糊其词、避而不谈的事情，越能引起人们的好奇心。与此同时，也会让人在潜意识里认为，死亡如大家所言，是件很不吉利的事情，不能问，也不能谈。

外婆是在妈妈工作的医院里去世的，那时我在外地读大学，没有人告诉我，他们的理由是不想影响我学习。直到我放暑假回到家，在一个寻常的家庭聚会日，我无意间看到桌上有个送饭用的保温碗，随口问了一句：“谁病了吗？怎么会把这个碗拿出来？”

上一秒，大家还在客厅里热火朝天地聊着天，下一秒，就因为我的这句话，大家都收起笑容，安静下来。奶奶左右看了看，接着说了一句：“你外婆上个月走了，那是之前给她送饭用的碗。”

我坐在那儿，腿不自觉地颤抖起来。我蒙了，心疯狂地跳，想说些什么，却一句话也说不出来。其他亲人还在怪奶奶干吗跟我说这些。

我站起身走进卧室，忍不住哭了起来。我甚至说不清那时的我是难过、是后悔、是害怕，还是不敢相信？虽然我不常和外婆相见，但是那一刻，曾经和外婆在一起的画面在脑海中涌现。

我难过地哭出声来，无法理解为什么家人要在一个月后才让我知道，导致我连外婆的最后一面都没见到。在她下葬的那天，我可能还在外面和朋友吃吃喝喝。我明明可以坐火车回来，在她临终前再喊她一声“外婆”的，然而最后我却以这样的方式得知了她的离世。如果今天我没有问起那个碗，他们是不是打算一直瞒下去呢？

后来的几年，我时常看到妈妈独自黯然神伤，即使想外婆了，也不在我们面前提起，只说她这辈子最大的遗憾就是没来得及带外婆去西湖。

有一次，我看到妈妈躲在房间里哭，推门进去想安慰她，结果她马上故作坚强地擦去眼泪，装作什么都没有发生。

自那之后，我就很少在妈妈面前提起外婆了，因为每次提起，妈妈都会说“小孩子知道这些干吗”。

我们的父母那辈人对“生命教育”都没有概念，更别说爷爷奶奶那一代了。很多时候，他们总觉得不说就是对我们的一种保护，越是亲近的人，越是禁忌。

我隐约觉得这种“逃避”的处理方式并不对，但也不知该如何处理。直到有一天，我和死神狭路相逢。

2017 年的夏天，我的爱人小忽被检查出癌症晚期，被医生告知生命只剩三个月。我们虽然竭尽全力与死神赛跑，但最终也只赢得了一年半的时间，小忽的生命终止在了 2019 年 3 月 2 日。[①]从此，我和相恋十六年的爱人天人永隔。

失去爱人令我痛彻心扉，但人死不能复生，生活还要继续。我们的孩子花生，是这段爱情的延续，也是我身为母亲的责任。更重要的是，花生的人生才刚刚开始，还有很多美

① 我和小忽的故事写在了《人间告白》一书中。

好的事情在等待着他。

我不希望在若干年后，花生回忆这段童年经历时，只记得一个躲在房间里哭泣的母亲，也不希望我们的家变成一个永远不能提起爸爸的地方，更不希望他因为无人可倾诉，只能把自己的情绪封锁在心中。这些事情我不愿意看到，相信小忽也不愿意，而能避免这些事情发生的人，只有我。

我想用自己的方式去给花生上一堂人生的生死课。这堂课里没有欺骗，也没有畏惧。因为这个决定，我将承受更多压力、面临更多考验，可仅此一次的人生，我希望自己能活得勇敢、无畏。

很多时候，对一件事的恐惧源于无知和周遭环境的渲染。死亡固然可怕，但也没必要像大人那般对此讳莫如深。

小忽离开后，我对生死有了新的理解。虽然每个人独立存在，但宇宙万物是一个整体。尽管小忽离去了，但我依然感觉他化作了世间万物在守护着我。

我的理解让我决定给花生讲一个关于忽忽星球的童话，

同时为他创造一个稳定温馨的生活环境。我觉得，不到三岁的花生会相信，他的爸爸只是去了一个叫作“忽忽星球”的地方。

我毫无避讳地和他在家里、在外面、在任何他想提到爸爸的场合谈论爸爸。我希望一切都和从前一样，不想把大人悲伤和痛苦的情绪过多地带到他的世界。

不过，我也会让他看到我自然情感的流露，我如果忍不住哭了，会告诉他：“妈妈现在哭是因为想爸爸了，你想爸爸也能哭，只是我们不能一直哭。我们可以去跑步、去游泳，去把泪水和汗水一起排出体外，这样我们就不会那么累了。”

童话不仅是写给孩子的故事，也是大人心中的净土。在我给花生描述的童话里，有一个叫作“忽忽星球”的地方，它在天上，去到那里的人们永远无法回来，但他们能收到我们的信，还有我们的思恋和喜乐。

小忽刚刚离去的那半年，我过得特别艰难。囿于生活的现实和孩子的成长，很多时候我忙到只有洗澡时才能哭，再后来忙得忘了哭，最后我学会了平衡自己的情绪。这是我作为一个成年人的适应过程。然而，年幼的花生在此期间的变化与成长，我看在眼里，疼在心里。回想他这两年的变化，我心中五味杂陈，但更多的还是欣慰。

和孩子相处，陪伴他的成长，其间所面临的未知，不同于我以前面对的任何事情。尽管我曾无数次想过他可能会提出的问题，以及我该怎样去应答，但突如其来的变化还是让我束手无策。

我不禁想起爸爸有次对我说："要怎么去教育这个孩子，我真的不知道，也给不了你什么建议。我身边其他人都没有遇到过这样的情况，所以我和你妈妈没办法给你什么经验。花生没有爸爸这件事，现在他可能没意识，但等到他再长大一些后，他会不会自卑？他会不会被欺负？他会不会心理出现什么问题？我们都不知道……这就要看你怎么去教育他了。你只能自己去面对，我们能帮你的，不过是在你需要时帮你接送一下孩子，给你们做点吃的。"

爸爸说得很中肯，教育和培养花生本来就是我自己的事。不管我从前依赖着谁，到最后遇到困难，还是需要自己去面对。其实，很多时候不是我想不想做什么，而是我不得不去做什么。这个过程让我明白：身为父母只有终身学习，才能终身成长。

2

2020 年春节来临之际，关于要不要回武汉过年，我们一家人商量了好久。我大概有一年没回武汉了，我不知道回去后该怎么走进从前的那个家。但是这个年是小忽的新年，我理当回去给他上一炷香。即使我不想面对，最终还是简单地收拾行李，踏上了回乡的路程。

原计划春节假期结束后，立即返程回深圳，谁知一场突如其来的新冠肺炎疫情导致武汉不得不封城。据说这是中华人民共和国成立后的第一次封城。武汉是一个四通八达的中部枢纽城市，上千万人在封城后，被困在了自己家里。防不胜防的变化打乱了我之前的所有计划和安排，甚至也改变了我的生活。

封城的时候，公公婆婆正好在我家。谁也不曾想到，我们会以这样的方式回到这个家，还要在一起生活。

婆婆跟我说，在我们回来前，她就来家里打扫过卫生了。进家门后，她想到以前过年来这里都是忙活年夜饭，但现在家里已经空无一人了，她当时强忍着泪水，一个人在家里做着清洁。

我克制住想哭的情绪，并下意识地站得离她更近一步。我想开口说那些别人总是安慰我的话，但最终还是没有说出口。对我们而言，安慰的话语会像催泪弹一样让人难以自持。

这时，她问我睡主卧还是客卧，我想了想说："我回主卧睡。"

我小心翼翼地牵着花生走进卧室，花生立刻跑到他的小床边，开心地说，这是他小时候的床。当看到床边盒子里的玩具时，他立刻雀跃起来，跟见了老朋友似的，欣喜若狂。他拿出其中的一个玩具，手舞足蹈地跟我讲着他和这个玩具的美好回忆。

花生的开心，在一定程度上缓解了我心中的紧张和悲伤。

我转身看了一眼衣帽间，小忽的所有衣物都整齐地挂在里面。我走过去，把头埋入他的衣物中，深深地闻了闻。然后，我选了一件他常穿的大棉袄将自己裹住，渴望获取曾经的温度，然而衣服上已经没有那种熟悉的味道了。整个家、整个房间都一如从前，只是少了一半的灵魂。

我松开空软的棉袄，将它挂回原处，并轻轻整理好衣袖的褶皱。我用指尖滑过一件件熟悉的衣服，脑海里浮现出小忽穿着它们的模样。在我的记忆中，他永远是那个在阳光下微笑着对我招手的大男孩。回忆里他的笑容有多灿烂，此刻我的内心就有多酸涩，我的眼泪忍不住滑出眼眶。怕被花生看见，我转身悄悄擦去眼泪。

能回到这个家，花生很开心，他说家里很漂亮，还有很多书和玩具。他问我：“妈妈，我们能在这个家里多住一段时间吗？”

“花生，你还记得这个家呀，妈妈以为你很喜欢深圳，就把这里都忘了呢。”

“这是我和爸爸妈妈的家，深圳的家是房东奶奶的家，我都很喜欢的。妈妈，我记得有一年我的生日就是在这里过的，家里来了很多人，你和爸爸还给我买了个托马斯小火车的蛋糕，对不对呀？你以为我忘啦？我记性很好的呀！”

“我的小可爱花生原来记性这么好呀！那次是你两岁时的生日，妈妈邀请了亲朋好友来家里为你庆祝。那一天阳光很好，每个来家里的人都说我们家很漂亮，大家都给你送了礼物和祝福。我们还在客厅里拍了一张很美好的全家福，那是爸爸去忽忽星球前，陪你度过的最后一个生日。不过你后来的生日，爸爸也有给你寄礼物对不对？而且都是你喜欢的。”

“是的。我三岁生日时，爸爸送给我一辆校车，我把它留在深圳了。但是，妈妈，我要跟你认个错。上次我心情不好的时候，我想爸爸了，我就把校车的轮胎咬了。它好像坏了，不过后来我再也没有这样了。”

“没关系的花生，谢谢你告诉妈妈这个小情绪。如果你下次不开心，要记得告诉妈妈，别再伤害你的玩具了，好吗？”

“嗯，好的妈妈，那我现在可以去院子里骑自行车了吗？”

……

我们就这样在每天的日常里自然而然地说起小忽，我也有意提起那些有关小忽的记忆和他离开的事实。我想让花生记住他的爸爸，不仅是名字和长相，更重要的是记住爸爸曾经对他的爱，以及那些还来不及付出的爱。

3

武汉封城后，小区开始实施封闭管理，社区规定每个家庭每两天只能派一个成员出门采购食物。那时候我刚拿驾照不久，还没怎么上过路，停车都不太熟练。何况小忽的车是个连倒车雷达都没有装的裸车，我很怕开他的车出门。但是被逼到没有退路的时候，我只能硬着头皮，自己开车去超市囤货。

在一个人开车去超市的路上，我看着空荡荡的城市感觉真可怕，大街小巷只有救护车奔驰而过。等待红绿灯时再也不觉得时间漫长了，红绿灯仿佛是这灰色街道里唯一的光亮。没有车水马龙的喧嚣声，有的只是救护车飞驰之后留下的长长的回声。

当时的武汉是新冠肺炎疫情最严重的地区，对我们身处其中的人来说，每天感觉像是在被死神“点兵点将”一样。听说老年人是这次疫情的易感和高危人群，因此外出买东西的基本上是青壮年。

我开着车缓缓驶向超市，费了好大劲，终于找到个空旷的位置停好车。整理好所有防护装备后，我走进超市。

超市里人很多，但大半是男同胞。我跟着人群，用一种近乎抢购的速度在拿食物，比起身材高大的男同志们，我这矮小的个子能抢到的食物真的很有限。

好不容易从肉摊子那块挤出来，我转身去了旁边卖糕点和零食的区域，这里明显年轻人多了不少。身旁不断地传来各种接电话的声音：

“老婆，你说清楚到底是哪个牌子的霜啊，这么多都长一个样。”

“哎呀，这随便哪个面粉不一样吗，还分啥高筋低筋哦，捏出来不都是面坨子！”

“你一次性说完还想吃什么，我都给你买。”

“好啦好啦，别催，别催，我这不马上就回来了嘛，乖！”

……

想来奇怪，以前怎么从没听到过这些，现在一个人在超市时反而就听到了呢？我想这真的是因为我太在意了。即使我表现得那么自然，就是人群中一个正在买食物的普通女人模样，但其实我心里并没有表面看上去那么平静。我心里很难过，前所未有的孤单感让我听到、看到的全是我失去的东西。

我实在太怀念那个能为我遮风挡雨的人了，我更怀念曾经的自己，因为那时的我也是被人捧在手心疼爱的宝贝。

可如今，我却只能这样故作平静地站在人群中，极力去掩饰这一切。就好像在跟别人解释：我其实不是一个人，我其实没有听你们讲话，我其实没事……

事实证明，所有掩饰都无济于事，到头来自己还是难受。我总希望时间能够慢一点，让我学会坚强地面对。可是这该死的现实，总是一次次地提醒着我，掩饰是多么可怜的自我欺骗、自我防御。

记忆中，我从没一个人逛过这家超市，以前每次来都是和小忽一起。我们开心地选购食材，然后回家做饭。有了花生以后，推车的座椅上会多出一个可爱的小孩。那时的我们和无数来逛超市的一家人是一样的幸福模样。

如今一个人真的不习惯，又赶上这么个非常时期，心理愈加脆弱，我打心里感到一种强烈的孤独感。那时的我除了假装镇定，还没学会放平心态。我只能推着车尽快避开人群，极力不去听周遭的声音，专注对着手上的字条，找着我需要的东西。

当我走到卖奶粉的专区时，突然想到在家里等着我的花生。他在我出门前对我说：“妈妈，你要早点回来。你开车要小心，要慢一点。你别忘了给我买奶粉，你一定要早点回来呀！”

想到花生对我说的话，我心头一暖，他就是那个让我心甘情愿穿上盔甲的人。虽然是我一直在保护着他、陪伴着他，但他也在一路治愈着我、温暖着我，我们俩像土壤和树木一样，相互滋养着彼此。

我买了双份食材，先绕道去爸爸妈妈家里送食物。我和妈妈匆匆在小区的过道寒暄了几句。妈妈让我别担心，说她已学会了跟着大家一起团购食物，还一个劲地催促我赶紧回去，别在外面逗留。

返程的路上，我加快了车速。回到车库停好车、熄了火以后，我才靠向后背，长叹了一口气。此时此刻，我就想这么静静地一个人坐一会儿，解开安全带，就这么松弛地靠在座椅上。

我觉得好累，大概是因为刚开车上路太紧张了；也可能是因为这个非常时期，我没能陪伴在爸爸妈妈身边而感到自责；又想着待会儿一进家门后，我就得陪着花生一起玩，在那个熟悉的房间里，玩着熟悉的玩具；我还要极力让自己保持一个好的状态去面对小忽的父母，并理解他们的难过和不愿意说太多；我还想着因困在武汉，无法回深圳工作而带来的巨大经济压力……

那一刻，我只觉得胸口被压得喘不过气来，我找不到任何可以倾诉的人，也没有任何宣泄压抑情绪的出口，唯有这熄火后在车里坐着的分分秒秒。我流着委屈的眼泪，一边擦泪一边调整呼吸，整理着这糟糕透顶的情绪。

我知道，这样的一面，让孩子和父母看到没有任何好处。此刻我不需要安慰，也不想讲话，我只想一个人坐坐而已。我要在哭完以后，再去慢慢与我的生活和解。

我很怕我的情绪影响到现有的生活，而且我也不能这样，因为我是个母亲。我的委屈并不是想去质问生活为什么要这样对我，而是为什么每次都在我毫无准备的时候就不得不去坚强，不得不去面对。我总想着，能给我几年时间，让我去慢慢适应。后来我渐渐明白，这样的想法从一开始就是错的。

人生突如其来的变化多到数不尽，困难和痛苦都不会等我们长大，反而会如影随形、无处不在。如果我不尽早认识到这些，十年后我可能还是站在原点哭泣的模样。

我在心里默默地告诉自己：那么痛的事都经历过了，这些又算什么呢？但是今天我哭了，我也要理解我自己。想哭就哭吧，我只是太累了。

想想现在奋战在一线的医护人员和解放军战士，我这么点情绪哭一下就够了，不用去打扰任何人。别人的痛苦不会比我少，我要像向日葵一样对生活充满希望。

坚强的那个我会安抚此时脆弱的我，坏情绪不赶出去，好心情又怎么走进来呢？等我哭完，就回家陪小可爱吧。

就这样，也没过太久，我擦干眼泪，起身拎着大包小包，往家里走去。

迎接我的是在门口盼了我好久的花生，我也和往常一样，还没进门就在喊他："小可爱花生，妈妈回家啦！快给我亲一口吧！"

看着他的笑容，我也能自然地把我的快乐传递给他。

困在家的日子里，没法工作的我有了更多和花生相处的时间。也是从那时起，我开始教花生画画。我发现他有着天生的色彩感知力，在我的鼓励下，他每天都能画出一幅作品。

宅在家的四个多月，我把所有能看的书都给他讲完了，闲暇时还和他一起学包肉包子，夜里也会趁着泡澡的时间一起聊天。

我是个喜欢生活忙碌且井然有序的人，因为忙碌的生活会让我少了胡思乱想的时间。我并不想因为疫情让孩子感到恐惧和紧张，就希望他能在稳定的环境里过好每一天，然后和我一起平平安安地返回深圳。

虽然这样每天和花生在一起相处我很满足，但我还是掩饰不住想要赶紧离开的那份心情。像我这样的自由工作者，没有固定工资，我每天都在未雨绸缪地为赚钱努力着，更何况现在家中只有我一个人在赚钱。

除了担心停滞不前的工作，我还想躲回深圳的那个出租屋。我没想到会以这样猝不及防的方式回到武汉，逼着我从现在就要重新开始，还是在我没有任何准备和规划的情况下。

然而，这就是无常的生活，我终究要学会面对。

4

因为疫情的原因，我和小忽的父母在多年后重新开始了朝夕相处的日子。

我们每天几乎是只在吃饭的时候才会聚在一起。平时公公不是在看他喜欢的字画，就是去院子里看看花草，他基本上不会进入我和花生的房间，婆婆就是没完没了地在厨房里忙碌。他们都是那种明明很爱你，却不太会表达的人。

偶尔我也会跟婆婆闲聊，但我从没刻意去找话题，毕竟自从小忽走后，我们将近一年没一起相处了。我们看到彼此，即使什么都不说，也会让对方情不自禁地想起小忽。

小忽的父母本就是内向言语少的人，他们不太喜欢吵闹、喧嚣的生活。以前小忽还在时，我很不习惯他们这种相处模式，每次都会问小忽，他爸妈是不是对我有意见，为什么总是这么冷淡？到后来才知道，他们早已认可和喜爱我了，只是不愿意说出口。

我们如今的相处，甚至比小忽还在时更融洽，在我看来最和谐的婆媳关系无非就是这样吧。

虽然我和他们不会像我和父母相处那般轻松自在，但因为有花生在，我们也都会被花生逗得开怀大笑。很难想象，如果没有这个天真无邪的孩子在家里，我们各自都会是怎样的孤独状态。

当时我们身处疫情最严重的地区，我和无数武汉人一样，每天关心着新闻里的各种报道和手机微信群里的各种信息。我既为前线的医护人员担心，也为生死一线的陌生人揪心。

但是，在大时代的浪潮波澜里，更多平凡的我们能做到的，只是尽我们的能力照顾好自己，不给家庭和国家添负担。

在疫情期间，我为家乡发声写稿，拿到几千元的稿费后，我便在第一时间寄去了抗疫前线。我不能为自己的家乡做多么伟大的贡献，但我也想尽自己的绵薄之力帮到他人，哪怕这些钱在当时只能买几套防护服，也是我一份小小的心意。

这场疫情让无数家庭在毫无防备的情况下直面生死，在此之前，可能很多人从未感受到死亡会离自己这么近。每个正在经历或未曾经历过生死的人，在那种每天都被死亡笼罩的环境里生活着，情感的压抑和内心的痛苦都无以言说，也无处可说。

只是在无可奈何之后也终究要继续走着。我总相信，人的忍受力、耐力和治愈力都会在经历矛盾的挣扎后找到最终的平和。

日子一天天地过去，一开始一家能出去一个人采购，后来全小区封禁，就只能通过团购买食物了。人的心绪，慢慢在一天天增加的死亡人数中，变得愈加沉郁。

每当自己想要发泄和诉说什么时，看着身边的孩子又不禁感叹：起码自己还是和亲人在一起的，此时此刻在窗外那场没有硝烟的战场上，有多少人思念着长达数月未见的孩子和永远无法再见的至亲啊，自己的这些压抑又算得上什么，真的不足挂齿。

这样真实的生活经历让我更加懂得，人在任何时候都不要放大自己的苦，因为这个世上比自己苦痛的人真的太多了，我们能珍惜每一个知足的当下，就是对生活最大的感恩了。

有一天吃午饭时，我和婆婆聊到新闻里的一个报道，说疫情太严重了，每天都有人在死亡。

突然花生问道："妈妈，这个病毒这么厉害，能把人杀死吗？"

"对啊！这个病毒很可怕，它把很多人的生命都带走了，并且它还会传染，所以我们一定要做好防护工作，不能让病毒找到可以攻击我们的地方。"

"病毒会把人带去哪里呢？"花生似乎很好奇这个问题。

"会带去天上，和他们的家人分离。"我回答。

"带去爸爸住的地方吗？"花生问。

公公有点生气地回了句："吃饭的时候不要讲话，埋头吃饭！"

"哼！爷爷真讨厌，只知道吃饭，凭什么不让我说话？"

花生有些不服气地说。

我有些尴尬地看了一眼婆婆，婆婆小声且温柔地说：“花生要乖乖吃饭，吃完了再讲话。”

其实花生这样的问题，我早已见怪不怪，但公公和婆婆却是第一次接触。他们没有长期和花生在一起相处，没想到花生能这样坦然地谈论他的爸爸。

关于我是如何教他学会面对失去爸爸这件事，我还没来得及和公公婆婆谈起。今天发生这样的事情，对公公和婆婆来说一定很难受，但我能理解，所以我没有怪公公发脾气。

吃完饭后，花生又问我：“妈妈，很多人被病毒带去天上，就像爸爸一样是吗？”

“是的花生，他们都和爸爸一样去了天上。但是你知道吗？爸爸是和病毒搏斗了很久很久，大概有一年半的时间，他才倒下的，所以你的爸爸很勇敢！”

“那为什么病毒要把我爸爸带走？”花生继续追问。

每当我和花生解释这些事的时候，我会用看起来挺多余的词语，去丰富原本意思很简单的话，但是花生总能用最简单的话语，对我抛出那个他想要得到答案的问题。

就是在这样长期频繁的对话里，我的心结下了越来越厚的茧。

“因为爸爸也只是一个平凡的人，他虽然很勇敢、很坚强、战斗力极强，可他毕竟不是动画片里的超人。你想想，如果是你和霸王龙决斗，你们整整打了十天，你会不会很累呀？”

“那肯定很累啊，十天好久啊，但我会把它打成稀巴烂的一坨便便。”

“对呀，你这么勇敢，你一定可以，但是战斗十天这么久，肯定会累的。而你的爸爸战斗了一年零七个月，也就是五百七十天，他是真的很累了，所以才坐飞船走了。”

“好吧，我知道了，那我以后开法拉利去找爸爸。我会去看他的，我要告诉他，我能打败霸王龙！”

“嗯，好的，花生真厉害，你的法拉利一定要记得给妈妈留个座位哟！”

正在洗碗的婆婆听到我们的对话，背着身子，用手套擦了擦眼泪。

我忽然觉得自己有些残忍。她一定很痛，一定有许多无奈，也一定震惊于我和孩子这样的对话。但是她没有说一句话，只是默默地一边洗碗一边听着。我觉得她是认可我的，只是她现在还不适应。

每次我和花生这样对话时，我并不在意旁人的眼光和看法。我只希望我说的话所传递出的情感，能让花生对爸爸离开这件事有一定的认知和理解。

他提出问题，说明他在思考，他想知道为什么，而我不能剥夺他提问的权利。如果因为我自己难受，就不准他提起，这未免有些自私。

对母亲这个身份而言，爱孩子是没有条件的。我不会忽略他，而把自己的感受放在第一位，更不会因为害怕他受伤，而去一味地保护他。我更多的是希望他知道，我对他的爱里有尊重，有付出，有陪伴，有一颗愿意和他一起去冒险不怕受伤的心。我理解的母爱是这样的，我也坚信，母爱的力量会是一个人一生中最坚毅、最强大的一股力量。

至今我仍相信脱下童话外衣的那天，花生一定会来找我。当他想和我谈谈关于他爸爸的一切时，我依旧可以自然、平静地娓娓道来。或许说着说着我会流泪，但那个时候他也一定会理解，我的眼泪里已不只是难过，而是经历这蹉跎岁月后的一份单纯质朴的思念。

如果可以，我希望他能领悟，人生虽有遗憾，但终究还是幸福的。他成长的路上我不会缺席，我会努力让生活不陷入贫穷，也会让他明白：爸爸其实从未远去，只是换了另一种方式陪伴着我们。“爸爸”这个词，爸爸这个人，不是陌生的，他是我们彼此都思念的一个家人。

这份信念在我心里生根发芽，支撑着我默默去做许多想要完成的事。我并不奢望花生将来如何报答我，父母给予孩子的爱一定不能奔着回报而去。我只想尽到做妈妈的职责，感情不应有任何绑架和索取。

我从不会对花生说“将来你一定要好好爱妈妈啊”“花生，

你会一直陪着我吗”“花生，我老了你别丢下妈妈啊”……诸如此类让他给出承诺的问题。正因为我是单亲妈妈，我更不会说这种话。

我只期盼他能一生健康、快乐、懂得感恩，且拥有爱人的能力。我倒是时常对他说：“花生，妈妈老了以后，想每天都做自己喜欢的事。你以后能不能自己和你的老婆带孩子？如果你不想生小孩，妈妈也支持。最好你们俩自己去好好深造学习，妈妈呢，就到处采风、写生、画画、出书，我想想就很开心啊。”

我不知道自己的教育方式和理念算不算好，其实好与不好的定义和我们的三观相关。我们能给予孩子的教育，不就是传递我们认可的三观吗？

在我看来，教育花生就是在我三观里的一种摸索和探寻。我并没有什么蓝本，很多时候我就是根据他的成长而不断地改变方式方法，就是一直在学习怎么去当好一个妈妈。

白天发生的那些事，婆婆还是记挂在心上的。晚饭后，她来到我们的房间。看着坐在地垫上玩玩具的花生，她第一次主动和我聊起小忽，聊起孩子。

她很感谢我做的一切，无论是对花生，还是对她的儿子小忽。她说她和公公有时候用词不当，希望我能理解并包容。说着说着，她就哭了。

这么多年来，我和婆婆从一开始的亲密到后来的互相理解，虽然其间有过争执，我也执拗地埋怨过，但是那一刻我终于意识到：她和我经历着一样的痛苦。小忽在深圳最后的日子里，我和她一同看到那个我们共同深爱的男人离开这个世界。

我们的痛如果叠加在一起，任凭谁来也无法阻挡那绝望而窒息的撕扯。然而，我们都心照不宣地选择了沉默，用各自的方式坚强地活着。

丧子之痛绝对不会低于丧夫之痛，相信她也有强烈的灼心感。或许我和公公婆婆来生不会再相遇，但今生这份亲人之缘成了我们之间的羁绊，注定不会因为任何变化而被舍弃。

婆婆看着我说：“你还很年轻，将来或许……”

我立即打断她，说：“我现在只想好好陪伴花生，把花生教育成材。”

我能感觉到她的顾虑和担忧，但并不想和她讨论将来，毕竟人生充满未知和变数，我只想把眼前的生活过好。

婆婆也转移了话题，她说打从我一进他们家门，她就看出来我是个很有主见的女孩，也很爱她的儿子。在她和公公眼里，时至今日，我依旧是那个凡事都做完决定，才来告知他们一声的小锦，这么多年一点也没变。她还说：“你很好，只是小忽福气太薄了。”

她说这些话时，我红着眼，忍不住流泪。我真的已经很努力在控制自己的情绪了，但是当她提起小忽时，我忽然就没有了任何坚强的理由，任凭想念、委屈、不舍席卷全身。

或许一本《人间告白》让很多人知道了我和小忽的故事，但无论外人知道多少，都无法和身边了解我们的亲人们相比。

这也是家人们鲜少在我面前提起他的原因。因为提起他，我们都会忍不住哭，越是亲近的人越是无法接受：怎么那样一个善良爱笑的大男孩，突然间就离去了？

看着眼前越来越像小忽的花生，她的心里满满的都是心疼、怜爱和思念。但她也理解，如果孩子一直跟着他们生活，大概不会是今天的状态。所以她和公公也默认了我独自抚养孩子的生活方式。我真的很感谢他们的这份通情达理，以及对我和孩子的帮扶。

疫情期间，每天晚上我都靠喝点红酒才能入睡。这天晚上，回想起婆婆刚才说的那些话，心中又泛起了无尽的思念，不免多喝了几杯。不知不觉就醉了，然后哭着说了好多有关小忽的思念之情。意识模糊间，听到婆婆在说："傻孩子啊，不要伤害自己的身体……"

第二天早上醒来，大家都没提起昨夜的事。而我像是脱了一件带枷锁的外衣般，身体变得轻盈了些许。我起床梳洗完毕后，生活又平静如常。

这段长达 76 天封城的日子，终于在 2020 年 4 月 8 日结束了。曾一直期盼着解禁，第二天立刻启程回深圳，然而当这天真的到来时，我却有些恋恋不舍。

从之前害怕走进家门到如今的不舍，这似乎是上天的一次刻意安排。很多时候，我们为一件事计划了很久，然而，谁也无法预测无常的世事，再多计划和设想总会被突如其来的变化打破。

离开家之前，我把小忽的所有衣物都从衣柜里拿出来整理，连同过去我陪他一起看病时自己穿过的衣物，也都收捡起来，放进了阁楼里。他的相机、证件、常用的生活用品，都被我装进盒子里。它们再也不会经常出现在我肉眼可见的地方了。

我其实从来都不是别人眼中一根筋的那种人，尽管我也不在意旁人如何去评价我对这份感情的处理。我只是做了我想做的事。

小忽回不来了，但生活仍在继续，所以我该放下过去。收起他的遗物对我而言，就像用酒精擦拭伤口上的一层腐皮，我要让伤口被太阳健康地照耀到，只有这样，它才能更好地康复。这么深的伤疤即使愈合了，也会留下永远的印记，但它再也不会因为时时刻刻的感染而永无止境地疼痛了。

我走遍家里的每一寸角落，轻抚着转角的壁纸，想起当时在家居店选它的情景。我走进一间房坐了一会儿，又起身去了另外一间房。我喜欢家里的一切，因为这都是我们俩曾经精心布置的。

多年来我依然喜欢将这个家整理得干净而整洁。我相信无论生活怎样变化着，家永远是最温暖的港湾，家应该用一种温馨的柔情等待着主人归来。

在武汉封城的日子里，我没能在小忽离开一周年之际，前往陵园去看望他，心中的遗憾随着那年的一场大雪被深深地埋进了院落里。那是何等的无奈和无助啊！

但凡想到这般寒冷的日子里，他是那样孤独而凄凉地一个人在陵园，我就心痛难耐。然而，直到最后离开武汉时，陵园依旧紧闭大门，不对外开放，所以我还是没能见上他一面。

在那样一段特殊的日子里，我经历的这些事和疫情相比显得如此渺小。尽管如此，于我个人而言，这也是我生命中难忘的记忆了。

就这样，一直到深圳的幼儿园通知开学，我才依依不舍地带着花生和父母一起返程。一千多公里的路程，我们选择了自驾，从天色微亮开到天色渐晚。

当我们再次走进深圳那个久别重逢的出租屋时，我们每个人好像都发生了变化，但又不知道具体是哪里变化了。

生活的模样，

应该是每个人心中的样子，

而不是别人眼里的样子。

第二章

和过去告别

1

似乎每一次经历都在提醒我，很多事已经无法回到从前了。即使我努力想一如往昔，但事实上命运就像环环相扣的齿轮，一个改变了，另一个也会随之改变。

当初决定留在深圳是为了看病、疗伤、孩子上学，也为了能减轻我身心的疼痛。可是这一趟长长的返乡之行，似乎把一切都改变了。原以为已经熟悉深圳的生活，回来后却发现又要开始重新接纳。

有一次计划带爸爸妈妈和花生去大梅沙游玩，查了路线，发现坐公交车需要两个多小时。路程太长，担心老人和小孩吃不消，不过大家都很期待，最终我们还是去了。

直到太阳下山，我们才意犹未尽地离去。去的时候有座位还好，没想到返程的公交车里挤满人，连站立都困难。花生又要我抱他，于是爸爸只能拼命往前面挤，让我抱着花生站在他和妈妈中间。

车子摇摇晃晃，路程过半时，花生已经在我怀里睡着，我的手臂酸痛难耐，实在抱不动了。没办法，我只好找了个空地坐下来，用手护住花生的头，避免紧急刹车伤着他。

路灯跟随着摇晃的车子，把忽闪的夜光投射到花生脸上，我望着他的脸出神。不知到了哪一站，车停了下来，花生突然惊醒。他坐在我怀里问道：“妈妈，我们到站了吗？”

“还没有呀，闭眼再睡一会儿吧。”

“我睡好了。”他说着打了个哈欠。

“花生今天玩得开心吗？你喜欢大梅沙吗？”

“嗯，我喜欢，我觉得很好玩。”

“那你累不累呀？”

“不累的。妈妈，我们现在在哪里？还有多久才能到家呀？我想回家了。”

我看了看窗外，陌生的街道让我答不出这到底是哪里。我知道花生已经坐不住了，毕竟路程太远了。虽然他不会哭闹，但这一路上如果不找点事做，想必他会不停地哼唧着问个没完。

“花生，我们一起数一数外面的汽车吧，你数白色的，妈妈数黑色的，我们看看哪个颜色的车更多，好不好？”

这样的小游戏总能激起他的兴趣。就这样，车程的乏味在比赛数数的时间里慢慢被打发掉了。

这趟回程之旅，虽然折腾了两个多小时挺累的，但想想海边的美好，也算值得。

下车后，花生在林荫道上活蹦乱跳，吵着要跟外公比赛跑步。

我走在他们后头，忽然发现，爸爸走路一瘸一拐的。大概是刚才在公交车上站太久了，我的心中不禁泛起酸楚。

天空悬着一轮明月，月光洒了一地，地上现出我和妈妈的影子。望着我俩的影子，我不禁问自己：为什么我总是让他们吃苦？我是不是太自私了，让他们承受了他们不该去承受的东西？

尽管他们总跟我说，来这座城市挺好，能跟花生在一起很开心。但我知道，他们一定想念家乡，想念家乡的亲人和老友。

这次回来后有了车便利许多，周末终于不用挤公交车了。

我爸妈热衷旅游，那段日子，我带着他们和花生把沿海景区几乎逛了一遍。

每次到海边，我都会让爸妈给我拍一张照片：我将花生托举起来，抛向空中。这个动作看似简单，但需要我使出腰部和手臂的全部力量才可以做到，幸好花生还小，三十多斤的重量我还可以承受得住。

每当我将花生向上托举到半空中，都能看到他笑得无比灿烂的脸。浓密乌黑的短发，剑眉下月牙般的双眼，小酒窝在脸上绽放，笑容很甜。听着他清脆稚嫩的笑声，望着他在蓝天映衬下更显唇红齿白的脸，我不禁失神。这张脸仿佛和天空中我曾经深爱过的那个男孩重叠在一起。

只有在这个视角下，我才能一眼看到我生命中最爱的两个男人的微笑。

曾经，托举花生的动作都是小忽在做，无论是他健康时，还是化疗后，他总想尽全力去做。

我想将小忽的爱延续下去，想给花生带来同等的快乐。

虽然花生还不明白我为什么要这么做，但没关系，现在的他不需要知道这么多，我也不想让他知道太多。

我希望他能活得开心、简单、纯粹，能像我托举他的时候那样幸福地笑！

因为小忽的离开，我曾担心这个世界不会善待花生，想一辈子保护花生，后来想想，这个想法是多么自私和愚蠢。

如果一个母亲真的爱自己的孩子，陪伴需要有，保护需要有，但“一辈子保护”何尝不是对孩子的束缚，也是我逃避现实的借口？

他还这么小，我应该帮助他建立强大的内心，我只要在他身边陪伴着他前行就好。

我想，我该主动做点什么，让花生勇敢地走向除了我之外的另一个天地。

于是，我把花生送去了幼儿园。上幼儿园是孩子们从家庭迈向社会的第一步，这是他们第一次脱离熟悉的家庭，去到另一个集体生活。尽管我们成年人知道，这样有利于孩子独立，但是对孩子来说，第一次分离难免会伤心难过。

开学的前几天，我把写着花生名字的小恐龙贴一针一线地绣在了他的书包和被子上。我告诉他，这些小恐龙就像妈妈一样会保护着他、陪伴着他一起去上学。

我给花生试穿了新校服，试背了新书包。这些看起来是那么不合身，因为他的个子太小了。他也是班里年龄最小的孩子。

当他穿好衣服，背上书包的那一刻，我既开心又心疼地红了眼，心里默默地对小忽念叨着：我们的儿子要去上学了。

2

开学前，幼儿园要召开新生家长见面会。这对大多数家长来说，算得上一次“奇妙之旅”。因为孩子要离开家，独自一人在一个新的“大家庭”里学习、生活，这个“大家庭”是什么样，老师是什么样，家长们都会非常好奇。

而我却害怕，甚至排斥。我在害怕什么呢？小忽刚离开我们不到半年，我瘦得像个纸片人，内心深处的孤单，时时让我感到单薄无力。我害怕人群，也害怕任何需要夫妻俩共同面对的场合。

是的，我害怕我是“一个人”，我害怕别的家长“成双成对”。

那时我最大的希望是，来参加见面会的家长，不都是成双成对，这样我就不会显得太突兀，我就不会觉得自己太孤单。可是我又深知，这是孩子第一次“单飞”，如果没有特殊情况，哪有父母不成双成对地来参加呢？

越害怕越紧张，那个傍晚，我紧张得没有吃一口饭，穿着一身素黑的衣服，内心慌张、表面镇定地走进了幼儿园。

我避开人群，在班级里最不起眼的角落里，一个人坐下来。

想起那场见面会，我就一种感觉：真漫长啊！因为我在忍受着漫长的煎熬。

看着老师们春风满面、家长们神采飞扬的样子，我越发地感觉到内心深处挥之不去的凄凉紧紧地攫住我。

我无力反抗，任自己黯淡着。

直到家长自我介绍环节时，一对夫妻给我带来了一丝光。

当时听着家长们讲着他们各自的家庭故事，我心里反反复复地想着，不知花生会在幼儿园这个新家庭里和怎样的小朋友交往呢？那时因为担心、不安，内心更加地不平静起来。

那对夫妻深深地吸引了我。妻子怀了二胎，挺着大肚子，丈夫温文尔雅地做家庭介绍。通过介绍，可以感受到他们夫妻情投意合、举案齐眉，重要的是，在教育孩子方面，他们的理念与我的三观契合。我想，他们的孩子一定也是个可爱懂事的孩子，也许可以成为花生的好朋友。

有了这样的想法，见面会结束后，我就情不自禁地走在那对夫妻的后面，我想跟他们打招呼。我甚至在大脑里飞快地组织语言，希望第一次与他们交谈，既不显得唐突，又彬彬有礼。

但我的大脑一片混乱。要不是为了花生，见面会一结束，我肯定是赶紧往家奔去。

是啊，我是为了花生能交到一个好朋友，这样会让我担忧的心得到一丝安慰。

最终，我还是鼓足勇气追了上去。

我的心怦怦直跳，我不知道我是怎么开的口："益之妈妈，你好，我是花生妈妈。"

"你好呀，花生妈妈。"益之妈妈温柔地对我笑着。

这时他们夫妻停下了脚步。

我赶紧将自己的心里话和盘托出："刚刚在家长会上，听到益之爸爸讲的那些教育理念，真是特别让人感动，正好和我的想法一样，所以就想认识一下你们俩。”

我显得很紧张，表情可能也挺僵硬的，其实我就是莫名地害怕，但是我努力保持镇定自若。因为我不想被他们察觉，我怕他们觉得我奇怪而拒绝我。

“花生妈妈，我和益之爸爸正好说起你呢。刚刚听你说你的职业是绘画和写作，你真棒！我们俩都是理科生，没啥艺术细胞，可是很喜欢你们搞艺术的。”益之妈妈依旧那么温柔地对我说着话。

“谢谢你们，以后咱们可以常常联系呀，也希望花生和益之能做朋友，我猜他们俩一定会投缘的。”

“哈哈，我们益之超级喜欢小汽车，花生是不是也喜欢？”

“对呀，他可喜欢了，还喜欢恐龙。”

我们就这样从孩子们喜欢的东西开始了轻松而自在的聊天。

“对了，花生妈妈，你们现在住在哪里呀？”

“我刚来深圳不久，在学校附近租的房子，就在那儿……”我指向幼儿园后面的高楼。

“哦，原来在这边呀，那你们挺不容易的，华侨城这块的房租可不便宜。”

“是呀，你们家住哪里呀？应该也是在这附近吧？”

“嗯，我们家就在你们家前面一点，也就是转过路口那边的那栋楼。我们俩是高中同学，大学毕业后就来深圳了。”

“真是太美好了，看得出你们夫妻俩感情很好。我和花生爸爸也是高中同学……”

刚把“高中同学”这几个字说出口，我就有点后悔了。我怎么脱口就说起了小忽呢？我不该这么接话的，如果他们问起小忽，我该怎么回答呢？

我正在后悔不迭，益之妈妈就问到这个问题：“真的呀，太有缘分了，花生爸爸今天怎么没来呀？”

那一刻，我的心“突突”地跳个不停。我想说点什么，可是话到嘴边又咽了回去。停顿了好几秒，我不自觉地低着头，两只手紧紧地攥在一起，然后小声地回答了他们：“他离开了。”

很显然，他们俩并没有听出来这个“离开了”的意思，所以他们问我是回武汉了吗。他们问得漫不经心，我的双手再一次紧紧地攥在一起，我能感觉到每一根手指都是冰凉的。

这是小忽走后我第二次对陌生人说起小忽的“离开”，我从未想过我会对陌生人说起这些，因为我不想博取别人的同情。我也不愿意丧夫或者丧父这件事，变成我或者孩子今后人生的一种标签。我想靠自己的努力，获得一种尊重。

但是转念一想，为了花生，我心里真的完全没有一丝其他的想法吗？如果没有，我为什么要主动找益之的父母，甚至还希望他们的孩子和花生做朋友？

而在这之前，我为什么要告诉老师，花生刚刚失去了爸爸？我的内心是不是希望他们能对这个孩子多一些照顾，多一些爱？我想是的，我自私地希望老师能多偏爱一下花生，也自私地希望花生能和温顺善良的孩子做朋友。

因为我担心花生，我希望花生得到更多的照顾和关爱。

我轻轻地放开攥紧的手，对他们夫妻说："我先生前几个月在深圳病逝了，我们来深圳就是为了在这边的港大医院看病。他走后，我还不愿回武汉。因为还要继续工作，所以就提前把花生送幼儿园了。"我顿了顿，又说，"我说这些，但愿没吓到你们，我没有别的意思，就是希望如果可以，将来在学校里花生能和益之做朋友。"

说完这些，我微微一笑。路灯和月光温柔地洒在我们三个人的身上。

我知道我说这些，对他们夫妻来说，会感觉有一点沉重。其实我也可以直接说"他在忙"，或者说"他回武汉了"，更或者可以说"他出国了"……我其实可以不用这么诚实地说出实情。可是，这就是我，喜欢用直接面对的方式来对待生活里发生的一切，我总觉得谎言终究是骗不过自己的心的。

根据我的观察判断，加上我的直觉，我坚信眼前的这对夫妻一定不是那种喜欢刨根问底，喜欢八卦我故事的人。

而且我相信他们也一定能感受得到，我说这些不是为了博取同情，而仅仅是一个独在异乡的母亲，笨拙地想为刚刚失去父亲的孩子去争取一份同龄人主动的关爱。哪怕只是打个招呼，哪怕只是课间活动时能一起玩。

我也坚信，他们一定不会直接告诉他们的孩子主动去和哪个男孩玩，因为他没有爸爸。

“别担心，我回家一定跟益之说说的。小朋友们会很快融入集体生活的，你也别太多虑！唉！真的太不容易了，辛苦你了。其他的我不说了，要好好的，深圳是个很好的城市。”益之妈妈说着说着走到我的身边，还轻轻地拍了拍我的后背。

他们真的没有多问我任何问题，只是一直给我介绍着幼儿园附近的各种便利设施，告诉我深圳还有哪些值得一去的地方，还约我周末带孩子一起骑滑板车。最后，我们互换了微信，挥手道别各自回家。

看着他们渐渐远去的背影，我紧张的心也舒展开了。我意外地发现，当我主动走进新生活，来自这个世界的善意是那么让人感到温暖。

随后便迎来了花生开学的日子。

我把花生送进幼儿园大门后，目不转睛地盯着他牵着老师的手上楼的背影。他时不时转头看向我，一边和我招手，一边又撇着嘴巴，一副快要哭的模样，我的心忽地一下特别酸。我努力挤出笑容，回应着他的招手，眼泪终究是没忍住，在眼眶里打着转。

直到他的背影渐渐地消失在我模糊的视线里，我才转身往家的方向走去。转身的刹那，我再也憋不住了，“哗”的一下，眼泪流了出来。

在那一整天里，我满脑子全是我的花生。我不知道他在学校里过得怎么样，有没有哭，也不知道他有没有好好吃饭、好好睡觉，更不知道他有没有交到朋友。我越想越坐立不安，心神不宁。

到了下午，我不停地看时间，终于挨到了幼儿园快放学的时间，我早早地来到校门口。孩子们正在老师的统一指挥下，手拉手地排着队。

我踮起脚，到处找寻着那个小小的身影，他一定也在盼着快快飞到妈妈的身边吧。找来找去，我在小朋友们长长的队伍里找到了我的花生。确切地说，我是先看到了挂在花生书包上那个摇摇晃晃的黄色小松鼠，然后才看到了花生。那个玩偶是小忽在迪士尼里给花生买的，我一眼就认出了。

花生的大书包一直被后面的一个孩子拉着，他只好很吃力地把身子往前倾斜地走着。他的脸上没有什么笑容，眼神一直在搜寻着我的身影，直到和我四目对望时，才露出了甜甜的笑。那一刻，我的心又酸又暖。

花生跟着队伍，往校门外走着，他没有像别的孩子那样大声喊着自己的妈妈、外婆或者爸爸，而是一直远远地对我笑着。如果看向我的视线被别的孩子挡住了，他就会探出身子，继续看向我的方向。走出校门，直到和老师说了再见以后，他才笑着连声喊着“妈妈”朝我奔来，跑到我跟前，第一时间紧紧地牵住我的手。

那一刻，我的心像一下子灌进了温柔的潮水，我一把将花生抱进怀里。花生用双手环抱住我的脖子，小脸蛋在我的脸上贴了又贴。我转过头一直亲着他的脸，然后他告诉我："妈妈，我们班今天有个小男生哭了很久，他一直说想妈妈。"

"哎呀，那你哭了吗？"

"我当然没有啊，但是他哭得太伤心了，其实我都快要哭了，但是我没有。我还交到了一个好朋友，他和我一样很喜欢小汽车，他的名字叫'益之'。"

"益之"，这是个多么美好的名字呀！听到花生这样一说，我的心里又泛起蜜一样的甜。

我就这么看着花生开心地笑着给我讲幼儿园里发生的故事。他的小嘴一直不停地讲着，完全是一副兴高采烈的样子。

我们牵着手，边走边说，我感到心情特别晴朗。花生不知道，他的妈妈一整天都在做着哑巴，而这一刻，却想和他说个不停，快乐得像一个小孩。

回到家里，爸妈也和我一样兴奋，问了花生好多我已问过的问题。花生放下书包后，给他们一一复述了一遍，偶尔还会提及一些刚刚忘了和我说起的事情。

我们这个被痛苦笼罩的家，因为花生的放学归来，一下子变得温馨而美好，我们每个人的心里好像都有了期盼和希望一样。

厨房里，再次响起了锅和铲撞击在一起美妙的“交响曲”；阳台上，妈妈在斜阳的余晖里收拾晒了一天的衣物；客厅里，花生贴着我的手臂，让我给他读关于恐龙的书籍。

深圳的傍晚总是那样美，夕阳的余晖温柔得就像少女脸颊的绯红。我看着它一点点爬上我的书桌，轻抚我的书、我的画，直到我的桌角，然后光顾客厅里的每个角落，最后又悄无声息地在不经意间慢慢退场，一直退回到远处的海面之上。接着和海水缠绵在一起，又暧昧地消失在天边的蓝紫色云层里。等到我起身来到阳台上时，我发现路灯已经亮了起来。

看着这般带着诗意的人间烟火，我的心里不禁泛起了久违的幸福感。那是一种知足的幸福感，仅仅来自一缕夕阳的余晖。

尚好的岁月里，我和花生彼此依存，彼此相爱，虽然我们心中都带有哀思，但在这个陌生的城市里，我们似乎更珍惜着眼前点滴的美好。

此刻我一边享受着这难得的幸福带来的温存，一边又清醒地提醒自己，长期漂泊异乡必定不是长久之计。可人真的很难在感受幸福的那一瞬间去做一个改变现状的决定，更何况很多决定都可能改变人生的轨迹。

3

生活一如往常地继续着。花生每天早晨背起书包和我手牵手去幼儿园的时候，总是蹦蹦跳跳的。一路上，他会告诉我刚刚看到的哪个女生是他的同学，哪个男生很调皮，而且老师总是批评他。到了幼儿园门口，花生会很认真地嘱咐我："妈妈，今天放学你要站在最前面，第一个接我。"

有一天，我们在去幼儿园的路上，走着走着看到了益之，花生正准备喊出他的名字时，突然停了下来。我发现了他的这个细节，疑惑地问他："花生，你为什么不喊益之了？"

"妈妈，益之身边的人是他的爸爸吗？"花生看着他们的背影问我。顺着花生的目光我再次看向了远处，一身西装打扮的男人牵着一个孩子。

"嗯，是益之的爸爸。"

"为什么益之的爸爸可以送他上学？他不上班吗？"

"因为益之爸爸正好顺路呀，待会儿他就会去上班了。"

"妈妈，那我的爸爸什么时候才能出院送我上学，或者接我放学呢？"花生一边说一边看向我。

这是一个让我特别难受的问题，也是我不想去回答的一个问题。身边的朋友基本上从不在我面前主动提起小忽。这是人之常情，谁会忍心总提起别人的伤心事，谁又会不断地去揭开别人的伤疤呢？

可是对一个三岁不到的孩子而言，他哪会懂得这些人情世故。

还记得小忽刚走的那一个月，夜里睡觉时，花生总是问我：“明天可以去医院看爸爸吗？爸爸什么时候回家？我想爸爸…… ”而我总是在黑暗里，流着泪小心翼翼地回答他。

有时候被他听出来我在哭，有时候能蒙混过关，让他又记起原来爸爸是去了忽忽星球。

小忽离开我们之前，花生似乎习惯了见爸爸的方式。想见爸爸不是不行，只是不能每天见，而且也只有去医院才能见到。但那好歹也是一种期盼，起码只要我能带他去医院，他就可以见到他的小忽爸爸。

然而，这次的分别太长了，已经几个月过去了，我还是没有提起带他去医院。他哪里知道，未来更漫长的岁月里，将有成百上千个这样的日日夜夜，他不能再见到他的爸爸了。

“妈妈，那我的爸爸什么时候才能出院送我上学，或者接我放学呢？”我的耳边还是花生那稚嫩无邪的声音。

我庆幸那个早晨天气晴朗，让我还能感受到和煦的阳光和微风，还能对着阳光下这个稚嫩的小脸露出我的笑容；我庆幸身旁走过的人群，让我理智又克制地控制好了自己的情绪。

我俯下身，像一个普通的妈妈蹲在路边，和她的孩子说着话。甚至在路人看来，清晨阳光下这个年轻的妈妈和可爱的孩子，会是他们今天看到的一幅温馨画面。

只是，谁又会知道这对母子背后的故事呢？正如我也不知道人群里那些我看似平淡寻常的人背后会有什么故事一样。

生活终究是过好自己的日子，苦乐自知，并无特别。

“我们家花生是不是想爸爸了？我猜爸爸现在一定把他的飞船缩小成蝴蝶的模样了。爸爸告诉我，他一定会陪伴花生上学的，也一定会来接花生放学，只不过，他会用更有魔法的方式。而且花生你知道吗？并不是所有的小朋友每天都是爸爸妈妈来接送的，更多的是爷爷奶奶或者外公外婆接送呢！你看妈妈每天都会送你上学，接你放学，你是不是最幸福的呀？而且我答应你，无论刮风、下雨、打雷，妈妈都会这样做，直到很久很久以后，你长大了，不再需要妈妈接送了。你说好吗？要和妈妈拉钩钩吗？”

“好呀，可是妈妈，我永远都要你接送我，永远都要跟你在一起！拉钩钩，还要盖章。谢谢妈妈，也谢谢爸爸。”花生把大拇指在我的额头上轻轻地摁了一下，证明我们是盖过章了。

接着，我起身牵着花生的手，加快步伐往前走，追上了益之。这次花生终于喊出口了，也顺带喊了益之的爸爸，两个孩子开心地跑进幼儿园里。

送完花生返回时，我又看到了那个丁字路口。每次看到那个路口，我的心都会悸痛，因为我看到了自己——那个接到小忽病危通知电话后，在这个路口焦急地边跑边拦车的自己，那个瘦弱、无助、有些可怜的自己。

而今天因为和花生的一段对话，我再看到这个路口时，心里平静了很多。因为我知道，我已渐渐回到正常的生活轨道之中了。

我在心底给自己鼓着劲说：“小锦别怕，你又迈过了一个小小的坎！”

4

和小忽过去的种种，虽然时常浮现眼前，而且总是悄无声息地来，但我没再做什么抵抗。我顺着那些往事，想起、念起，然后又随着一步步向前的步伐，放下、释怀，继续生活着。

虽然现在的生活已没有那么多甜蜜的喜悦了，可是仿佛也没有什么能将我击垮倒地的了。

给学生上课时，我总是热情洋溢；画画时，我总是全身心地投入。手中的画笔不停歇地在纸上涂抹阔别已久的色彩，画笔将调色盘里的颜料调和搅动后，那些色彩变成了带有治愈性的色彩。悲痛的情绪也随着调色而得到安抚。

面对这份悲痛，如果语言是匮乏和干瘪的，那么这些色彩就是丰富和饱满的，它们能帮我诉说更多。如果现实中有太多的不完美和不如意，那么在画的世界里，我愿意给每一个故事都描绘出一段色彩斑斓、幸福完美的结局。

我们的生活需要我们自己去描绘，这是我心中的信念。

我愿意以信念为笔，一直这样写写画画到老，忠于自己热爱的事业和生活，钟情于一个人。

小忽的离世，把我的生命撕开了一道口子。可以毫不夸张地说，这一年里，每一天每一分每一秒，我都在思念着他，仿佛只有思念能缝合我的伤口。

即使如此，我却从不把思念的情绪和我的生活、工作混为一谈。

工作时，我会很专注也很投入。一开始时，我还无法很好地控制我的大脑，但是我会告诉它：“现在可不是时候，你得等等，等我忙完了，我再陪你一起想念。”久而久之，我的大脑似乎也习惯了我的这种模式。

我们必须学会控制自己的情感,是“控制”而不是“压抑”，控制和压抑有着本质的区别。

压抑是消极的，控制是积极的。懂得控制情感，才能更好地约束我们自己，从而不让坏情绪或者坏想法有机可乘，不让它们漫无目的，又不着边际地在我们的身体里游走。

谁都知道悲伤的情绪对身体是一种慢性伤害，如果放任不管，长此以往，最终我们只能和健康道别。

有时候一阵悲伤袭来，撕心裂肺，但如果马上投入工作中，工作忙完了，那一阵悲伤也会随之而去。虽说悲伤的离去只是短暂的，也是暂时的，但是这样一次次反复赶走悲伤的过程，可以让我们更好地与自己和解。这是一种自我开导、自我化解痛苦的好方法。

我一直觉得，人需要有信仰。这信仰，有时就是一份工作，或者一个目标。这份信仰是良性生存空间里必不可少的一种“齿轮”，它推动着我们一步一步地往前走，让我们来时的路和未知的远方都变得有意义。

那些悲伤的情绪会猝不及防地闯进我的生活，比如很多时候，明明一家人正在一起享受着快乐时光，我却莫名其妙、不可遏止地悲从中来。我悲的是，这般幸福与美好，离去的人却永远永远都不能再参与和体会了。

然而，我也只允许自己想想罢了，我不允许自己颓废。

那些甘心首疾的思念，那些刻骨铭心的往事，在我心里重千斤，但它们不能占据我的生活。

大家正在努力地走出阴影，正在开心地生活着，我为什么要用自己的坏情绪去破坏这份美好呢？所以，我会轻轻地告诉自己：都过去了，小忽已经安静地长眠了，他希望我们每个人都能开心地活着。

美好地活着，不就是经历痛苦的我们最珍贵的信仰吗？

就这样，我在心里告诉自己暂时不去想，加入大家的话题中，用心倾听他们在说些什么，在开心些什么，幸福来敲门时，我们该开门迎接。

我相信，再悲痛的情绪也有消失的那一天。如果它一直停留在我们的生活里，并不是它不愿意离去，而是因为我们抓得太紧，不放手而已。

独处的时候，如果依旧觉得悲伤和难受，就尽情地流泪吧。看看他的照片，听听视频里他那熟悉的声音，或者尽情地去回忆那些珍贵的过往，反正都回不来了，反正也只能哭一哭了，那就专心地哭自己想哭的，不去打扰别人。

人生之路总要一步一步地往前走，一条路走到了尽头，总会有另一条路通向“柳暗花明”。

难免有一段路荆棘密布，我们痛苦，我们煎熬，我们盼着快点走到尽头，因而步履匆匆，错过沿途的风景。

我相信，即使一段痛苦的路，沿途也会有风景。沿途我们遇见的每一份美好，都是生命的恩赐。

很长一段时间，我都不太愿意出门，一个人躲在家里，除了画画就是看书，爸妈起初还唠叨我两句，后来也习以为常了。

他们俩倒是比我会安排，会去没去过的地方转转，也会参加一个“一日游”或“两日游”的旅行团，去周边旅行。

我很支持他们，我希望他们能好好过自己的退休生活。我也很庆幸我的父母从来不是那种围着我转的人，他们总是相信我，相信我会走出困境。

之后的日子里，我终于从我的乌龟壳里钻出了脑袋，去面对和迎接自己的生活。

我开始早起跑步，下午会去健身房运动。我突然发现，能酣畅淋漓地流汗，是件非常愉快的事情。

跑步的时候，我能感受到风和速度，能感受到自己的心跳。那是一种奇妙的感觉，是一种释放痛苦的过程。

我改变不了痛苦，如同我改变不了一分钟就是六十秒的定律。这世间，很多事都是一种注定。爱是注定，痛苦也是。

我们无法避免痛苦，但我愿意接受化解痛苦的磨难。就像村上春树先生在《当我谈跑步时我谈些什么》里说的一样："痛楚难以避免，而磨难可以选择。"

小忽的离去，注定给我带来痛苦，而且痛苦注定给我带来磨难。痛苦是不可避免的，选择意志消沉的磨难还是奋力自救的磨难，取决于我自己啊。

这让我想起三浦紫苑老师在《强风吹拂》中说的一段话："明明这么痛苦，这么难过，为什么就是不能放弃跑步？因为全身细胞都在蠢蠢欲动，想要感受强风迎面吹拂的滋味。"

对我来说，那蠢蠢欲动的，是生生之力；那强风迎面吹拂的滋味，是对美好的向往。

我信奉一个道理：我们没法选择好走的路，但至少可以走好选择的路。

当我怀揣着希望，憧憬着美好的未来时，我相信我会拿出更饱满的生命力，与时间赛跑。

这样，我们可以活得更透彻一点。脚走不到的地方，思想正在前往。因为有了强大的信念，所以才有了想要改变生活、改变自己、改变未来的勇气和动力。

我告诉自己，做出选择，然后勇敢地抬起脚，往前奔跑吧！只要是朝着美好的方向奔跑，不必在意是否一直跑在快车道上，跑累了也不必逞强，停一停，走一走，休整一下再出发。但不要轻易停太久，因为太久的停顿，容易让人迷惘，容易让人忘记要走的是哪条路。

现在我一个人跑步，比起多年前和小忽一起时，自然是孤单了不少。我并不是一个害怕孤单的人，但如果可以，我不愿意在我现在这个年纪就开始品尝孤单。可事实已经如此，我不能被孤单打败。

我没想到的是，当我一个人真正跑起来的时候，孤单的感觉会慢慢退散，那种疲惫、干渴、燥热的感觉，让我缓解了孤单带来的苦楚。

你若问我跑步时想了些什么，一时间我还真答不上来。当我在运动时，我的脑子没有那么多空隙去胡思乱想。

我只记得，我能清晰地看到皮肤表面上渗出的汗珠，它们让我有一种酣畅淋漓的感觉；脑海里还会留下沿路看到的风景和陌生人，那只是一幅幅平常的画面，却让我感到轻松和安稳。

或许在下雨、听歌、看电影时，你会情绪化地想起很多人和事，但是跑步时不会。我说不出原因，大概是因为呼吸的节奏、起落的步伐、终点的吸引力，都让人变得简单了。在复杂的世界里，若能有一个机会让我们简单地享受快乐，又何必要去想那么多呢？

如果刚来到一座新的城市，你想让自己的身心都尽快地融入其中，不如让自己动起来。去忙碌地工作，也去坚持运动；去交一些值得交的朋友，也去四处走走，看看风景。

一生中能有机会在不同的城市里生活，是很难得也很珍贵的。起初对一座新城市，你也许不以为意，直到你的欢笑和泪水、热闹和孤独，都与这座城市息息相关后，你会突然发现，你与这个朝夕相处的城市已建立了情感连接。

正如有些歌，初听时不曾打动你，直到多年后，你经历了许多事，突然某一刻，在某一个街角，或一个静静的夜里，熟悉的旋律响起，有一两句歌词，猝不及防地闯进你的耳朵里……一刹那，只是一刹那，这一两句歌词，一下子唱哭了你，唱得你不知不觉间泪流满面。只是因为，那歌词唱的是你的故事。

歌曲从未改变，改变的是我们的人生。我们的人生，多了刻骨铭心的故事，在那一刻，我们的情感正好与一首老歌心意相通。

趁年轻多出去走走，真是最朴实又智慧的生活箴言。

就是这段坚持跑步的日子，让我感觉到我拥有了一种身心从未有过的健康感。如同身体里一粒沉睡的花籽，被轻轻唤醒了，随后发出绿绿的小芽。我知道，总有一天，它会“噗”的一声，绽放出我生命的美丽。

在这种状态下，我竟然第一次有了回武汉重新开启新生活的念头。我相信我有足够的勇气和信心去面对另一段人生，况且我还有我的花生。

然而这只是我心中萌动的一个念头，真正让我决定去行动的，是花生和我的父母。

5

刚来深圳，一安顿好住处，我就将花生送到附近的幼儿园托管班。在那里，我们遇到了一个非常亲切善良的老师Molly。

她了解了我们家的情况后，便和生活老师一起对花生格外地关心和照顾。而且她还时常跟我联系，告诉我花生在托管班的表现。

后来，随着小忽的离去，本来就艰难的日子更加举步维艰了。那时一点点小困难，都像一记重重的拳头，足以将我打倒在地。

特别是花生要升入幼儿园，班主任不再是那个善解人意的 Molly 老师了，虽然这件事在外人看来不足挂齿，但对我和花生来说，却感觉特别失落，有一种雪上加霜的凄凉感。

我安慰花生，也安慰自己说："下一位班主任老师一定也非常好。"

可万万没想到的是，这位新老师在开完家长会后单独对我说的第一句话竟然是："我知道你，你就是写那篇文章的金鱼酱吧？听说你微博里有很多粉丝，改天我也去看看。我大学毕业后，就没再用那个东西了。"

这样的开场白，让我感到不知所措。她说得那么随便，那么轻松，让我一下子陷入深深的失望之中。她说的那篇文章，就是《写给儿子未来的一封信》，那是我用泪、用血、用爱写出来的文字，却被她在这样一个不合时宜的时间里随口说出来，根本不去在意当事人的心情。

有些伤痛，当事人都不想提起，身为一名教师，却在初次开完家长会后，不假思索地随口一说，就那么随随便便地揭开我的伤口，让我防不胜防，也让我苦不堪言。

新老师发的微信朋友圈，大多是她自己一家人的日常和夫妻恩爱秀，鲜少能看到孩子们的近况。可能四五天，她才会偶尔上传一些零碎的照片，每次看到时，我都会第一时间放大照片，瞪大眼睛，在一群孩子里找我的花生。

我想看看花生的身影，想看看花生在玩什么，想看到花生的笑脸。偶尔在照片里发现花生，我便会激动、开心。当然大多数时候，兴奋地寻找换来的只是失落。

我问老师为什么活动课集体照里没有花生。老师回答我："因为他不想拍照。"

我接着追问道："你问过他为什么吗？"

"我问了，他就是不想，所以我就让他坐一边了。"

后来我只好自己问花生为什么不愿意和大家一起拍合

照。花生的回答我记得清清楚楚，因为当时听了他的回答，我感受到了他的无助和无力。

花生是这样回答我的：“我没有不想拍，我只是想观察看看。后来我抱着气球过去时，老师让我放下来，说我挡住镜头了，她就不让我拍了。”

我没有再继续追问下去了，只是告诉他：“下次你再大胆一些，大声地告诉老师你想拍照，希望老师不要把你放一边坐着，好吗？”

他点点头，答应了我。

平时和花生交流，他从没有提过在学校有什么不开心和委屈。无论是上学还是放学，我看到的都是花生开开心心的样子，而且他还跟我讲了许多在幼儿园里与同学之间的开心事。上学路上，花生也经常热情地和同学们打招呼。看着花生快乐地成长着，我感到特别欣慰。

花生的老师很少打电话与家长沟通，在我接到数得过来的几次电话里，她总是在说花生身上存在的各种各样的问题。

这让我感到诧异，甚至不可思议。

我知道一个母亲对自己孩子的评价，或多或少存有私心。但不可否认，这个世界上只有母亲最了解自己的孩子。花生温顺、善良、活泼、爱笑，他喜欢阅读，做事认真执着，虽然调皮，但绝不会惹是生非。

不过，我应该找机会和老师当面好好交流一下，听听她所了解的具体情况。毕竟现在白天她和孩子接触的时间多，或许她真的发现了什么问题，这样我就可以配合老师，一起纠正孩子身上的错误。

不久后，学期末的家长会如期召开，班主任会和每一位家长单独交流。我坐进了他们的教室，班主任拿出了她的笔记本，开始对我讲着这个学期花生在学校的情况。

一开始，班主任讲的多是一些无关痛痒的内容，比较公式化。她后来提到最多的就是花生比较黏人，总是喜欢坐她腿上让她抱，也总是喜欢拉着她的衣服。她知道花生年纪小，但还是希望我能多跟花生讲讲这个问题。

她随后又提到花生每次都不愿意主动参加集体运动，还问我花生是不是很喜欢看书，因为他总是在看书。最后，她说到花生最近有点调皮，总是和益之，还有其他几个男生在教室里故意大声喧闹。

我记得花生在托管班时，Molly 老师常跟我说，花生是个特别聪明机灵的男孩，对老师的提问，他总是很积极地举手，每次外教和他说话时，他也都能听得懂；他会给爱哭的小朋友擦眼泪，还会安慰她，说“别哭，妈妈下班就来接我们了”；虽然刚开学那会儿，花生会一直黏着 Molly，但后来当他和老师之间建立了安全感，他便在小集体里非常独立地生活了；花生很喜欢感统教室的活动器材，虽然做感统训练时，花生常常会害怕，但是只要 Molly 在身边鼓励他，他都会去勇敢尝试。我也从 Molly 发来的视频里，看到了那个可爱勇敢的小男孩。

可如今幼儿园老师眼里的花生，与 Molly 眼里的花生判若两人。到底是哪里出了问题？我从没想过，花生会成为幼儿园老师眼里的问题学生。

我的脑海里还盘旋着老师刚刚提到的那个问题：你的孩子是不是很喜欢看书？

这真是一个让人纳闷的问题，爱看书怎么也成了一个问题？我实在想不明白。

而关于调皮，我想这对一个小男孩来说，是再寻常不过的事情了。他们并不是在打闹，也没有什么不文明的行为，老师完全可以巧妙而轻松地处理好。

比如可以采取吸引孩子注意力的方式，巧妙地纠正他们的调皮行为；或者亲切地跟孩子们说等活动课时，大家再一起好好玩，上课时要看谁表现得好；又或者可以简单地将他们分开坐……

总之解决的办法很多，我在心里默默地想着，但嘴上什么也没说。我知道幼儿园老师非常辛苦，我真心理解，所以不停地说："辛苦老师了！"

接着这位班主任又对我说："这个年龄段的孩子是很需要父亲的陪伴的，平时让孩子多和爸爸在一起，可以做做运动，或去户外玩玩。我看你的性格也很文静，其实你可以多和某某还有某某某的妈妈们一起聚聚，她们都是比较活跃的人。”

我不记得老师提到的孩子的名字了。当时她的这一番话，让我瞬间惊呆了，继而感觉有一把刀猝不及防地扎进我的心，随之头晕目眩。

她的话直戳我的痛处，又让我喊不出声来，我只能那样呆若木鸡地与她对视。

我不明白，在花生开学前的家长见面会期间，我已向这位班主任提到过花生刚刚失去爸爸，如今，她为什么还要让花生多和爸爸在一起？

我文静，但我和谁交朋友是我的自由。老师的言外之意就是花生喜欢读书，不愿参加集体运动，都是因为我的文静，因此我就要多跟活跃的家长交朋友。

那一刻，我心如刀绞，悲不自胜，心中的酸楚汹涌而起，泪水一下冲到我的眼眶。我强忍着不让泪流出来，可是我知道我忍不住，在泪水不争气地流下来之前，我选择了起身离开。

离开幼儿园后，回想刚刚发生的那一幕，我问自己是不是太敏感了？或许老师并不是有意的，毕竟这不是她的事，她也不可能记得那么多……

我一遍遍安抚着自己的情绪，我能做的也只有安抚自己了。比起自己的这些情绪，我更想了解花生的心理，想知道花生到底是怎么想的，所以我匆匆跑回了家。

进门后，我把花生拉到卧室里，然后抱在怀里问他："花生，妈妈刚刚参加完家长会，老师有表扬你哟，说你是个听话的孩子，表扬花生很爱看书，你真棒！不过呢，老师也提出了花生需要进步的地方，比如花生要好好吃饭，也要积极参加户外活动哟。"

说着，我松开怀抱，花生站在我面前，声音响亮地说道："嗯！好的，我记住啦。"

"然后呢，还有一个小小的问题，妈妈有点不太理解，所以我想问问你。老师说你很喜欢让她抱着你，你也很喜欢黏着她，你能告诉妈妈这是为什么吗？”

他迟疑着，没有回答我。我一直温柔地向他示意，希望他能对我说实话，于是他开口了：“因为我很想你，我想老师能喜欢我，所以我总是黏着她，可是老师总是不让我抱。”

说完他低下头拉着自己的衣角，一直把衣服往身上卷，两只脚也开始不自觉地晃动了起来。我能感到他的不安，当时我的心里真是揪心地疼。

他什么错都没有，他只是很想得到老师的爱，只是很想妈妈而已。他低下头的样子像个做错事的孩子，可他明明什么都没有做错。

我突然意识到，在幼儿园里，或许他因为这样的行为，已被老师批评过很多次，也被老师拒绝过很多次了。

我又把花生拉到我身边，牵起他的小手，擦了擦他委屈的眼泪，告诉他：“我亲爱的花生，你是爸爸妈妈的宝贝，花生有很多爱他的人和好朋友，我们要做个开心的小朋友。开心的小朋友要做好的第一件事情就是不要皱眉头，也不要讨好别人，你能理解妈妈说的这句话吗？就是不要去强求每个人都喜欢你，你有妈妈和爸爸的爱，这是最饱满的爱了。而且你的老师没有不喜欢你，她只是工作很累，有时候会拒绝你。所以花生如果也喜欢她，就应该体谅老师，不要总是让老师抱。你可以继续看你喜欢的书，也可以和益之、Tina、Yoyo他们一起玩游戏。你在幼儿园里有那么多好朋友，可以不用一直让老师陪你的。对待喜欢你的人，你要好好珍惜，对待将来可能不喜欢你的人，你也不用太在意，因为无论发生什么，妈妈和爸爸都爱你，都支持你。”

其实当时我并不知道花生到底能不能听懂这些，也是过了段时间后，有一天他突然对我说起：“妈妈，我已经很久没让老师抱我了哦，老师还夸我呢。”

后来，那个班主任体罚小朋友的恶劣行为被曝出来了，特别是她将不听她话的小朋友关进厕所，让家长们感到气愤和失望。

这样的行为，以前只在新闻里看到，没想到就发生在自己身边。我不敢想象，那么小的孩子，被老师粗暴地关进厕所里，对孩子会有怎样的心理影响。

如果被关的是花生，哪怕只让他在厕所里站几分钟，我都无法让自己平静地面对这件事。

作为幼儿教师，爱，不该是最起码的师德素养吗？虽然不是每一位老师都能像爱自己的孩子一样去爱每一个学生，但是应该明白，爱是最好的教育。

这样的行为，真的是太恶劣了，家长们组织起来，一起去学校反映情况。

我自然也去了，我对园长说："老师的素质是一个学校的门面和招牌，一个素质差的老师，即使她是名牌师范大学毕业，但她的师德没毕业。每个孩子都来自不同的家庭，不同的成长环境，如果老师只希望每个孩子都是乖巧听话的，这本身就是一个可怕的想法！老师不能因为孩子调皮就进行体罚；对待单亲和离异家庭的孩子也应该多一份关爱，而不是去推开孩子。如果老师能经常和家长沟通，多把心思放在教育上，也不至于会做出这样极端的事情。老师这样做，是发泄了自己的情绪和不满，但这对于孩子们而言，可能将是他们一生的伤痛。如果设身处地站在他人父母的角度想一想，谁愿意自己的孩子被这样对待呢？都是父母，为何不能多一份善良和包容呢？”

我从未当着花生的面数落过这个老师的不好，因为我始终不愿意让负面的情绪和语言给他带来不好的影响。我只是告诉花生：“我们该回武汉的家了，妈妈会给你换一个幼儿园，你会认识更多的老师和同学。”

这件事情发生后，我也开始反思。生活里的磨难不会因为我刚刚经历死亡就停止，而将来的日子也不会因为我迈过死亡这道坎就会风调雨顺了。对于我的孩子，更不会因为他小小的年纪经历了那么多，就得到别人更多的疼爱。

在我看来天塌地陷的事，在别人看来终究只是我自己的事。只是，我没想到这样残酷的现实会来得这么让人措手不及，而且还发生在我最在意的孩子身上。

很多天里，我时常想起那位班主任曾说过的话。它像一把铁锤，在我心里一下一下地砸着，使我久久地陷于酸楚与伤痛之中。

我感到自己是那么软弱无力，痛心地自责着自己让孩子陷入这样的环境，自责自己没有更好地保护他。

同时，我也开始反思现状，看清现实。对待孩子的教育，我有自己的方式和理念。可毕竟孩子的成长不是一个模式化的事件，孩子成长的每一个阶段都不同，存在很多变化与不确定性，所以我也必须不断学习和自我成长，这样才能和孩子一起更好地交流和相处，才能陪伴他更健康、更美好地成长。

与其期望别人能多给些照顾，或者少些伤害，倒不如让自己更勇敢、更强大起来。趁我还能为孩子遮风挡雨，我要给他足够多的保护和安全感。

与此同时，我也开始让自己更加快速地从悲伤中站起来。在我看来，孩子的身心健康，比什么都重要。

这样带着伤痛漂泊异乡，我可以避免在家乡触景伤怀，对我来说是一种治愈。可是，从更长远的角度考虑，我的孩子和父母将一直这样跟随我漂泊奔波，总不是长久之计，何况我们始终是没法扎根在这里的。

能不能走出困境，全在我自己，让孩子和父母陪我一起消耗，我是不是有点太自私了？

现在长期和父母一起生活，让我们彼此都少了很多空间，也多了很多牵绊。

上大学后，我已经和父母分开生活了，说得再早一些，在我五岁前，我的父母已经让我学会独立。我今天能这样独立，是要深深地感谢我的父母的。

我并没有特别依赖我的父母，上大学后我自己照顾自己；结婚后，我和小忽独立居住，自己开伙做饭；生孩子后，我摸索着学会了怎么养孩子；如今教育孩子，父母更是没有插手的地方了。虽然如果我需要，父母便会放下一切来帮我，但我更希望他们去好好享受自己的生活。

我更喜欢看到他们牵手旅行，磕磕绊绊、吵吵闹闹地过着自己的生活，不想他们一生都在为儿女操劳。

一个人不管经历什么，人生的每个时期都应该有独立的勇气，都应该好好地去面对、去珍惜。我的变故和遭遇，不该影响父母的生活。

我也希望若干年后，花生也能这样不干涉、不打扰我的晚年，让我能好好过自己想要的生活。

生活的模样，应该是每个人心中的样子，而不是别人眼里的样子。

6

下定决心离开深圳的那天中午，爸爸在客厅里睡觉，妈妈在房里画画。我走进房间告诉妈妈，我决定回武汉了，妈妈似乎没太吃惊，她只是让我别再介意幼儿园的那件事了。

她看我又消瘦了不少，很心疼地说着："一直没对你说起，其实妈妈很佩服你！我曾想过你会一蹶不振，你太爱他了，投入了那么多。我们都以为这么大的打击，你肯定会因为走不出内心的阴影而垮掉。我甚至还担心你会不会做傻事，可是，你那么勇敢，那么坚强，一个人扛了下来，真是让我们意想不到。我的女儿长大了，是个大人了，还是个好妈妈，我真为你骄傲！你别在意别人怎么说你，花生不是老师说的那样，你把他教育得很好，他只是在一个敏感的时期，遇到了一个不负责任的老师。花生有我们，还有武汉的家人，有我们大家的爱，他才不会可怜的。而且他将来一定会感恩有你这个妈妈，因为你的爱，是坚强勇敢的爱，是无微不至的爱。如果你因为老师的问题要回武汉，我觉得没必要，我们可以再换个学校。”

妈妈以前从来没有对我说过这些。她说完以后，我就“哇”的一声哭了出来。接着，我趴在妈妈的腿上，内心的委屈、悲痛、凄楚，甚至我的坚强、勇敢，全在那一刻化成泪，汹涌而出。随之而来的是号啕大哭，哭得撕心裂肺，哭得无所顾忌。

妈妈也是第一次见到我哭得这么悲痛欲绝，一个劲地抚摩着我的后背，轻轻地拍打着。谁能比一位母亲更了解自己的女儿呢？妈妈是亲眼看着十几岁的我，就那么不可救药地喜欢着这个男生，到如今眼睁睁地看着我亲手送他离开，我的那份心痛，妈妈当然懂。

哭够了，我抹着眼泪，很坚定地对妈妈说："不是因为这个老师，只是经过这件事，我突然意识到，以后还会遇到很多这样的人。不是所有人都必须要照顾我和花生的，我也不想再逃避了，我想好好面对以后的生活。而且，我也不想你们跟着我这样漂泊异地了，我们回家吧！"

"嗯，听你的，我一直都支持你的任何决定。"妈妈摘下眼镜，摸着趴在她腿上的我说道。

和妈妈在房里说完后，我擦干眼泪又来到客厅，坐到沙发边，吸了口气，有些紧张地轻轻拍醒了爸爸："爸，醒醒，我跟你说点事。"

爸爸还有些迷糊，睡眼惺忪地问道："怎么啦，睡得正香呢，你有什么事？"

"我们回武汉吧！花生这学期也上完了，提前回去，我好重新给花生找学校，还想把家里打扫一下。以后你和妈妈就回自己家，我带着孩子住我们那边。我们今天就开始打包吧，争取下周出发。”

我一口气、不带商量地说完了，爸爸似乎也懂了我的坚定。他有些沉默，眼睛一直看着地板，想说什么，又好像还没清醒过来一样。

然后我们俩什么话都没说，就那样坐在沙发上。也不知道过了多久，妈妈从房间里出来，看到我们俩吓了一跳，问我们干什么呢，父女俩怎么光坐着发呆。

爸爸这时才起身对我说了句：“不早了，你快去接孩子吧，我去买点新鲜的基围虾。”

晚上爸爸做了很多菜，从厨房端出新鲜的基围虾时，花生开心极了，这是他最喜欢吃的。爸爸倒了点酒说：“花生多吃点呀，这么肥的大虾，以后回武汉就没法常吃了。”

“外公，我们要回武汉了吗？什么时候呀？我这周要去参加 Yoyo 的生日会，Tina、益之、大智还有 Molly，大家都会去的，我一定要去的。”

“我们家花生是不是想爸爸了？我猜爸爸现在一定把他的飞船缩小成蝴蝶的模样了。”

如果现实中有太多的不完美和不如意，那么在画的世界里，我愿意给每一个故事都描绘出一段色彩斑斓、幸福完美的结局。

生活的模样，应该是每个人心中的样子，
而不是别人眼里的样子。

小忽走了，可我总觉得他并没有真的离开，我总能在每个有海的地方，感受到他的存在。

“哎呀，我们花生还要参加同学生日会呀！那肯定得让花生去的，你准备礼物了吗？”

“嗯，有的，我待会儿吃完饭，就画一幅画送给Yoyo。我要把我的好朋友都画进画里。”

“我们家花生真棒，那你回武汉了，大家肯定会很舍不得你，你可以邀请大家来武汉做客，外公给大家做好吃的。”

“才不要呢，我要我妈妈做，我妈妈做饭是最好吃的，我要带他们去我家里玩，我武汉的家里有很多玩具和书。”

爸爸就这样一直看着花生笑着，直到吃完饭花生离桌和妈妈去客厅玩时，才对我说道：“你总是这个样子，做决定前从不跟我们商量，然后冷不丁地就通知我们。不过，这个决定我们是支持的。你能自己想通，这是最好的了。幼儿园那个老师我看着也不太喜欢，总感觉她不像别的老师那样，对孩子充满了热情。但你真的不要介意，你要想着好在花生也没受什么伤害，你已经去捍卫了自己的权利，而且保护了你的孩子。经过这件事以后，你也应该更理智些了，凡事不能那么理想化。花生将来不可能一直都很幸运，遇到 Molly 这样的老师，你也不能把所有的老师都拿来和 Molly 做对比，那样的话，你将来还是会面临很多失望。当然你现在已经做得很好了，很不容易了，我们都看在眼里，所以，别为那些人委屈了自己。但我还是希望你能更坚强一些，以后的路还很长，你还要好好地保护孩子。如果你需要爸爸妈妈，我们会一直都在的，虽然我做菜手艺不怎么好，但帮你接送孩子，我还是可以的吧！”

说完，爸爸干了一杯酒。

爸爸总说他会一直在，可我知道，他怎么可能一直在？他总是不觉得自己快六十岁了，还总想着能为我分担些什么；他从不当着我的面表扬我，背地里却又一个劲地跟所有人说，他的闺女多有本事、多争气，从没找他要过一分钱，还不断地孝敬着他们。

坚强又脆弱的爸爸，总在我面前表现得自己很高大，是可以让我依靠的；固执又执拗的爸爸，也只有在面对我时，才又变得柔软起来。

之后的一段时间里，一家人开始忙活着打包行李，一箱一箱的包裹往家里寄。我和孩子的书就整整打包了十八箱，再加上衣服和生活用品，又是十来箱。

收拾行李时，我几次不舍地看着这个“家”，这是我和小忽在深圳的“家”。

两年前第一次来深圳租下这个房子时，家里只有老旧的家具、破损的床铺、半挂的窗帘，连一个像样的桌子板凳都没有。

后来被我精心布置，变得非常温馨，破旧的餐桌铺上了好看的桌布，阳台上种满漂亮的花草。每个人都有一个自己的房间，花生有属于他的读书角，我也有能写字画画的大书桌。从此三餐四季，都变得如诗如画。

我抚摩着那些老家具，它们很多是上一户人家留下的，我曾用了两天时间，才把它们洗得干干净净。家具上那些卷边和漏洞的地方，我用自己的画把它们都遮挡了起来。家里看起来总是那么整洁又充满诗意，以至于当我们把房屋托朋友转租时，对方打趣地说道：“真想见见这个房子的女主人啊。”

我曾对小忽说过，从今以后有我的地方，就有你和孩子感到温馨无比的家。无论是别墅还是平房，我都会用心去布置，用我的爱和温暖装扮我们的家，让你无论何时回来，都能感到幸福。

如今他不在了，我依旧保持着这份执着。因为我们的孩子还在这个家里，他应该在一个有爱又整洁的环境里成长。将来他离开我去远方后，我想我依然会继续如此，因为家里还有我。

只要我还在，我的爱和温暖就不会消失。我知道，爱我的人将永远都会记得这份美好，有我的家，永远都会是他们心灵深处最温暖的港湾。

如今，我们要离开深圳了，这个曾经被我当作家的房子，又重新回到了它原来的样子，等待着它下一个主人的到来。这里有我一生最难忘的一段经历，是我痛苦的经历，也是我成长的印记。

我站在阳台上看着远处的港大医院，往事和回忆随着海风一阵阵吹进我的心里。我想，我会一直深深地怀念着深圳。

我喜欢这个曾带给我希望的城市，喜欢这里常年的温暖和阳光，也喜欢这里的大海和夕阳。它是个包容性极强的大都市，它陪我度过了如此艰难又如此难忘的日日夜夜，我会时刻挂念着它的好。

看向窗边的书桌时，想到无数个心如刀割的夜里，我曾在那里奋笔疾书，挥毫作画。

我把无尽的思念与深情融入笔尖，纸上的墨点有多少，心中的泪点就有多少。不知道多少个清冷的夜里，情凄意切，写下的每一个有关小忽的字，都足以带给我摧心剖肝的哀痛；画下的每一缕有关记忆的色彩，都足以映衬我形销骨立的凄怆。

小忽走了，可我总觉得他并没有真的离开，我总能在每个有海的地方，感受到他的存在。每当夜里我哭着写下一段思念的文字而开始身体抽搐时，我便会起身去眺望远方的大海，噙着泪看向万家灯火。

灯火星星点点、忽明忽暗，每扇小窗里都是温暖的黄色，可我却觉得孤寂夜空中的那轮清月更惹人怜爱，因为我的爱人去了云边，他此时一定不言不语、黯然神伤地坐在一朵云上，呆呆地看向我。

我仿佛能看到他微微驼起的肩背，他的头发已恢复到我们初识时的浓密，随着一阵晚风，轻轻吹拂起来，他微长的刘海儿挡住了他的视线，他没有去拨开，似乎是想遮住他的眼泪。此时的他，也一定很想俯身为我擦去泪水，然后再亲吻我的额头，告诉我一切都会好起来的，然后把我抱回房间，让我好好睡一觉……

我知道，我该回房间睡觉了，可是我就想任性地一直看向天边、看向大海，痴痴地，看着我远在云边的爱人。我不知看了多久，直到我感觉海风将我一脸的泪水吹干。

悲伤的潮水退去了，留下平静的思念。我向着天边、向着大海的方向，轻轻地与小忽道晚安。

我知道，我会沉沉地睡去，一夜无梦。我知道，我睡去的时候，小忽一定来过，他会在我床边看着我，亲吻我，让我无悲无忧地睡一个好觉。我知道，小忽一定来过我的梦里，他一遍一遍地抹去他来过的痕迹，只为了让我安稳地睡一觉。

若不是他来过，从小一直爱做梦的我，为何他走后，我夜夜无梦呢？都说日有所思，便会夜有所梦。我的白天何其漫长，分分秒秒，时间的指针划过的，全是他的身影，可是却依旧夜夜无梦。我想不出其他原因，于是便相信，无梦恰恰是他来过又离开的印记。

临行前的最后一天，我鼓起勇气，一个人又来到了港大医院。这个我在深圳最熟悉的地方，在我没来的半年里也发生了一些变化：那家我常常买面包的商店搬走了，那个玩具店货架上又摆了新的玩具小车，那家星巴克里的榨汁机也不在了……

看着这些变化，有那么一刻，我竟然想待会儿上楼后去告诉小忽。还要告诉他，虽然以前那个面包店不在了，但是又新开了罗森便利店，好吃的东西更多了；虽然没有榨汁机了，可星巴克还在的；还想问问他除了小摩托车，还有什么玩具想买给花生……

那一瞬间，我甚至觉得小忽还在。我还可以一路小跑着去住院部，在电梯门没完全打开前，就迫不及待地冲出去，然后闭着眼都能找到他的病房。一进门就能看到那个坐在床上吃着哈密瓜的小忽，他看到我，笑着对我说："哈哈，你迟到啦，快点过来，不然全被我吃完了……"

回不去了！我再也回不到过去的时光里了，我再也回不到小忽的身边了。我的心一阵一阵地抽搐。

也别回去了！回去了又怎样？除了能让我和小忽见到彼此，小忽被病痛折磨得死去活来的一幕幕也还在。

我永远忘不了那份死亡报告上面，清晰地写着"各器官已衰竭"的字眼。我没有勇气再去看更多的文字，横竖撇捺的中国字明明各不相同，可在我眼里，它们怎么在那一瞬间都变成了一个“痛”字？我怎么能释怀，小忽竟然是这样被活活痛死的。

我也永远忘不了小忽最后离开我的那一幕！他的肉身承受着超负荷的痛感，脑海里却还在努力回放着生命里最幸福的那段爱情时光，他甚至无法再对我说出一句“再见”，只好最后一次用尽全力地紧紧握住我的手……然后，他就这么走了。

我是没有办法放下这段生死之情的，植入骨髓和血液之间的情谊该如何轻言放弃呢？如果我能化悲伤为力量，将余生活出更绚烂、更精彩的模样，但为此我必须忍受一段孤独的岁月，我想我是愿意的。毕竟人生的常态是孤独，但孤独绝不是丧气。孤独只是一种纵有千言万语，却没有懂心之人可以与之倾诉的落寞感，这种情感最终还是得自己品尝。

我是个把感情看得很重的人。我相信这世间最大的力量都是无形的，坚强如此，母爱如此，勇敢地活着也是如此。

这些都不需要我们去声嘶力竭地证明，或者夸大其词地讴歌，需要的就是和岁月长河一起无声、坚毅、无悔地默默前行着，而这往往就是令人孤独和寂寞的源头。

如果能轻松自私地活着，谁又愿意去走一条不容易又带有使命的路途呢？

其实这个世上最爱你的人和你最爱的人，是不会因为任何事情逝去的，这就是你心底最强大的后盾，能让你无所畏惧。

我有太多可以让自己舒服的活法，可是我偏偏选了最不能让自己轻松的那一种。为了能把这条看起来艰辛的路走好，我再次升起了心中的彩虹。

第三章

另一种生活

1

打包的行李比我早些回到了家里。公公和婆婆在得知我和孩子终于要回武汉后，心中的喜悦难以言喻。

知道我只想单独和孩子一起生活后，他们也和我爸妈一样支持我，支持我的决定，也信任我的选择，但他们不约而同地告诉我，有困难的时候一定要对他们开口。

我自然是不愿意和父母们再同住了，我需要有自己的空间。我当然知道如果和他们一起住，我哪里还需要操心一日三餐，哪里还用忙忙碌碌清洁卫生，甚至接送孩子，我也不必亲力亲为。这样我就可以去忙我的事业，追求我的梦想，可以去全力以赴地赚钱，为孩子奋斗。

我有太多可以让自己舒服的活法，可是我偏偏选了最不能让自己轻松的那一种。为了能把这条看起来艰辛的路走好，我再次升起了心中的彩虹。

我规划的未来蓝图，是一片将爱延伸到我和孩子心中的美丽风景。我想活出爱给予我们力量后的模样，我愿坦诚地接受现状，勇敢地面对孤独，但我绝不吝啬我将要付出的真心和爱。

我们要永远相信：任何一个选择，都不要去委曲求全地负气而行，也千万别想着要证明给谁看。因为负气可能会令我们失去理智，不懂得量力而为；急于证明自己是一种对世人态度的讨好，而它最终摧毁的只是我们自己敏感而脆弱的神经，到头来你会发现，他人的认可不过只是他人的，与我们自己没有关系。

看到家里堆积如山的行李，我估摸着我一个人没十天半个月是整理不完的，但是眼下当务之急、重中之重的事情是在开学前，给花生确定好新的幼儿园。

记得茜茜曾对我说过，如果将来我和花生从深圳回来，我们俩的孩子一定要争取在一个学校，这样他们兄弟俩就能有个照应了。在她的推荐下，花生去了现在读书的幼儿园。

这是个普惠性质的幼儿园，没有夸张而高额的学费，也没有很多高科技的硬件设施。但是幼儿园里有很宽敞的房间，孩子们的餐厅和休息室是独立分开的，而且有一片很宽阔的运动场地，能让孩子们在户外得到很好的锻炼。

还有吸引我的一点，就是园里配有视频监控，家长们能看到老师和孩子们每天的活动。我在意这一点，大概是因为之前的那件事给我造成了心理阴影。

考察完幼儿园，最后一关就是亲自见见老师了。

同样是开学前夕，我来到幼儿园，见到了花生的班主任陈老师。

从面相上看，陈老师温柔和善，交谈中处处能感受到她的真诚坦率。她没有刻板又标准的微笑，也没端着身份和家长们刻意保持姿态。

和她简单交流完我们的家庭状况后，陈老师主动对我说："花生妈妈，请您放心，我会多多留意花生的！也请您相信我，在幼儿园的这三年时光里，我会竭尽全力地陪伴花生的成长。希望他能爱上这个幼儿园，希望他每天都是开心的。"

那一刻，我没觉得陈老师说的是客套话，反而从她真诚的眼里，我能感受到她对事业的热忱以及对孩子的热爱。也是从进入这个幼儿园开始，我才真正地从花生的脸上感受到他融入小环境以后的那种快乐和幸福。

还记得开学的那天，他穿着全新的校服，再次走进校园，牵着陈老师的手和我挥手再见后，我看着他远去的背影，这次我没有再流泪，只是带着祝福和期盼，一直目送到他消失在我的视野里。

第一天放学后，陈老师就给我打来电话："花生今天适应得很好，他没有哭，也没有像您提到的一直要坐在我的腿上。他偶尔会想要我抱一抱，我就抱了抱他。很快地，他就说他没事了。然后，我发现花生上课非常认真，他很专注地听我讲话。就是吃饭还不太行，我和生活老师会先给他喂喂饭，之后咱们再一起慢慢想办法帮他。您别太担心，可能还会有几天反复，不过依我的经验看来，一周后，孩子们基本上会适应的。”

这真是一通暖心的电话。陈老师事无巨细地告诉了我孩子一天的情况，既表扬了孩子的好，也提出了孩子需要改正的地方。作为家长，听到这些，我是非常安心和放心的，并且对这位老师也是倍加信任的。

就这样，花生的学校问题解决好了，我赶紧整理好行李，便开始了第二件大事——和设计师还有装修公司联系，对家里进行一些简单的改造。

我和小忽曾经的计划是留出一个很大的房间给花生，但是还没来得及完工，就四处奔波看病去了，现在我要继续把这件事做完。

我要给花生打造一间属于他的温馨的房间，希望他能在这里安心地学习和生活，同时把原先家里的阳光房封顶，改造成我的书房，工程量不算太大。

有了思匀的帮助和设计，我理想中的房间很快就完工了。安装好书柜后，又做了全房的甲醛检测，直到过完一个冬季，快到夏季时，我们才正式开始使用这个房间。

家里又恢复了往日的整洁和舒适。在房间的用色上，我选择了柔和而又富有生命气息的绿色与白色，象征着我和孩子的重生与希望，是那种只要有阳光普照和雨水滋润，我们就能茁壮成长起来的色彩。

在某种意义上讲，从重回武汉的那天开始，我才算真正地开始了生活。什么才是生活呢？是在这个给我生命、滋养过我的土地之上，用一种全新的心态与方式去更真实地过日子。

真实的生活就是，早起洗漱好后，为孩子做简单而有营养的早餐，然后叫醒孩子，看他美滋滋地吃着；虽然不会遇到堵车的上班早高峰，但依然会提前一些出门，让孩子知道宁可早些到学校，也别迟到；送完孩子返回工作室，开始埋头工作，开始竭尽全力，争分夺秒地忙碌着，但只要到了快放学的时间，我还是会放下一切，再奔去幼儿园，和其他家长一起排着队，等着可爱的孩子们；然后回到家买菜做饭。我会笑着跟花生说："花生宝贝，今天妈妈大厨又要给你展露身手了哟，我就等着你这个美食鉴赏专家，待会儿给我认真地打分和点评了。"

其实每天我能见到花生的时间并不多，从一顿晚餐开始到他睡下，不过短短的五六个小时。在这段时间里，我会放下一切，陪伴着花生，和花生一起看书、画画、游戏。

我把这五六个小时安排得满满的，可是怎样安排，我都觉得时间不够用，但好在我们还有好几年可以慢慢地度过。

我想，这段属于他的童年时光，应该可以成为治愈他一生的美好记忆。

我们像母子，更像朋友，我时常忽略了他才是个上幼儿园的孩子。我遇到了难题时，会询问他的意见，我看到了有趣的新闻，会第一时间和他分享。

他看起来是那么萌态十足，可是接触过他的人都会冷不丁地说：“花生太懂事了。”

说到懂事，爱他的人总会禁不住心酸。

我偶尔会拍摄一些花生成长的视频，内容不过是一些日常生活片段：有时候是他自己独立洗漱和穿衣；有时候是他替我去楼下扔垃圾；有时候是他帮我折袜子叠衣服；有时候是他一个人在房间里看书、画画……

在我看来，这些都是我们俩一起再平常不过的生活了，可是旁人看了却不禁心生酸楚，眼里多了些许泪水。本是应该在父母身边撒娇的孩子，却这么懂事，懂事得让人心疼。

作为一个妈妈，我有自己的教育理念。花生做的这些在旁人看来过于懂事的事情，在我看来，身为男孩的花生，早些学会和习惯或许并不是什么坏事，我不想在这些他力所能及的事情上宠溺他，也不会感到心疼。

每个孩子成长的环境大不相同，他们的经历会成就他们将来的人生。很多经历是无法选择和改变的，譬如花生缺失父爱，但是能改变的是，面对这件事情，我引导和陪伴孩子的方式，以及他将来能用什么心态和方式去面对。

我们身为母亲的，如果能坚信自己的教育方式对孩子有好处，那么我认为就应该去坚持。

花生的懂事，会让他变得独立，也会让他懂得眼前的一切来之不易，懂得珍惜。父爱的缺失，并不代表他缺失爱的能力，相反，他拥有了比别的孩子更多的爱的能力。

起初我并没留意，直到后来我才渐渐发现，花生对感情的真挚和用心真的随了我和小忽，他会一直挂念着对他好的人，他能感受到对方对他的喜爱，所以他也会用他的方式去回应这份喜爱。

在深圳时，花生常常问我："爸爸什么时候能出院？"

如今他说得更多的是：

"如果爸爸也能在家里陪我玩，就更好了。"

"如果是我爸爸，他一定就敢去做。"

"如果爸爸在，你就不用洗碗了，妈妈要不我来洗吧。"

“如果爸爸今天再来我的梦里，我就告诉他，我认识了很多恐龙，他一定没我知道得多。”

……

花生长大了，在他稚嫩的思想里，他早已经把爸爸的离开转化成了另一个层面的认知。

我甚至说不出他具体是在哪个瞬间，就突然一下子悄悄地长大了。原来孩子们的长大是不会告诉我们的，我们或许能看到他们身体的变化，却看不到他们内心的壮大。

因此，对孩子的内心，我们应该更用心地去感受。我们常说要陪伴孩子的成长，主要陪伴的应该是他内心的成长。

2

前段日子微博里有个热搜，是关于“如何对孩子说死亡”的。我随意看了些评论，大多数人是赞同死亡教育的。

对没有亲身经历的人来说，他们所谓的支持，也只是依自己的理解说出自己的观点罢了。比起绝大多数人，像我这样的妈妈们，应该更渴望知道到底该如何对孩子说起死亡。

有一天我和花生在路上走着，突然他看到地上躺着一只折断了翅膀的蝴蝶，他对我说：“妈妈，你看这只蝴蝶受伤了。”

想到死亡教育的话题，我对花生说：“花生，这只蝴蝶不是受伤了，它已经死掉了。”

“你怎么知道呢？”他蹲下身子继续看着蝴蝶。

“因为它的翅膀断了，你看看它的颜色都已经暗淡了，也不能再飞了。”说着，我也蹲了下来。

“或许，它只是睡着了呢？怎么可能突然就死掉了呢？可是它确实不动了，好可怜啊。”花生用一片落叶轻轻地拨动了一下蝴蝶的身体，发现它是真的不动了。

“花生，死是什么意思，你知道吗？”

“死就是不能动了，就是没有了。”花生继续看着蝴蝶回答我。

“嗯，是的，死就是没有了。这个世界所有的人和事物都会死亡的，这是大自然的规律。”

“那死去的人和事物都去哪里了呢？”花生开始看向我了。

“死去的人和万物都会飞去天上，他们从此以后就住在天上了。”

说完这句话以后，我猜到了花生接下来会说什么。与其说我能猜到，倒不如说我是故意引导他这么去理解的更合适。

在我们平常的生活里，我们成人之间，突兀地谈论起死亡，都会感到不适应，会觉得很奇怪，更别说和孩子之间了。

每次花生说想念爸爸时，我不会马上去提起死亡，我只说爸爸去天上了，去忽忽星球了。我会给他描述忽忽星球的美好，也会告诉他，他的爸爸是多么勇敢。但我不会在那个当下谈论死亡，我不愿意在他悲伤的时候，对他进行死亡教育。

我们的情感，诸如思念、怀念、深情等，这些都是感性的，是让我们内心柔软细腻的东西，而死亡教育，我认为应该是理性的。

我觉得，对孩子进行死亡教育要有一个前提，那就是知道畏惧的同时，更明白珍惜的意义。有了这个前提，我才会选择在更适合的状态下，平静地对花生讲述死亡是什么。

像今天这个状态下，我对他说起死亡，他一定会听得进去，并且他会对我的问题，寻求他想知道的答案。那么我就可以用一种平静的心态去给他讲，要非常平静，很随意的，不能伤感，更不能哭泣或恐惧。要不然，我凭什么让我的孩子去正确地理解死亡呢？

花生果然像我猜测的那样，或者说像我引导的那样问我："是会像爸爸一样去天上了吗？"

"嗯，这只小蝴蝶也和爸爸一样，都去了天上。花生，你看这只蝴蝶已经死了，它的灵魂已经飞去了天上，那你觉得爸爸死去了吗？"

"爸爸没有死，他只是去了忽忽星球，我还是会见到他的。你不是说了吗？再过九十多年，我就可以看到爸爸了，所以爸爸没有死。"

我抱起花生，把他的小脸蛋贴在我的脸颊上，然后亲吻着他圆圆的小脸蛋，对他说道："我的宝贝花生，你真聪明！

妈妈告诉你呀，爸爸只是身体离开了，他的灵魂是永远不会消散的，因为他深深地爱着我们。即使爸爸去了天上，再也回不来了，可他依然远远地守护着我们。如果你相信，你便会觉得爸爸从没死去，从没离开。而且妈妈告诉你，九十多年后，你不仅能再见到爸爸，也能和爸爸妈妈永远在一起。那个时候，爸爸和妈妈会开着飞船一起来接你的。我们会一起幸福地生活在忽忽星球上，永远也不分离了。”

我说完这些以后，花生没有接着再问我问题了。我感觉，小小的花生明白了，也相信爸爸并没有真正地离开。

随后，发生了一件事，也算是一堂生死教育课。

新年的那一天，我带着花生和朋友一家人聚会，夜里返程的路上，朋友夫妻俩坐在前面，我和两个孩子坐在后座。

我情不自禁地回想起白天的一幕幕：几个孩子疯闹得很开心，大家一起放了烟花，朋友的老公抱着花生和他自己的孩子一起看烟花。当时看着烟花下他们的背影，那一刻，我的心落寞而难受。可是花生是开心的，所以我也放下了我的情绪。

他们的车快到我们家门口时，朋友的孩子突然问花生：“花生，你的爸爸呢？为什么总是没有见到你的爸爸？”

一瞬间，车内的空气仿佛凝固了一般，我们三个大人都被这一问题搞得措手不及，一时间哑口无言。我低着头，下意识地牵起了花生的手，我好想马上拉开车门下车。这是我从没预料到的一个场景，在一个这样狭小的空间里，从一个天真的孩子嘴里问出的话，竟然吓得我慌了神。那短暂的几秒钟里，我挤不出任何一句话去帮花生回答。

这时车正好停了下来，孩子妈妈假装没听到似的说：“哎呀，花生哥哥已经到家了，快跟花生和花生妈妈说‘再见’啦，我坐后面来陪你！”

我正准备开口回声“再见”时，花生说道：“我爸爸在天上，他住在忽忽星球。”

“你爸爸不在忽忽星球，你爸爸死了。”

“不是的，他在天上，他只是被小怪兽抓走了，他……”

没等花生说完，我已把车门打开了，牵着花生的手下车，然后和他们匆匆道别，随后赶紧往小区里走去。

我一直没开口，只是牵着花生的手，往家的方向走去。

“妈妈，爸爸是真的死了吗？我觉得他只是被小怪兽抓走了，他会回来的。”

“花生，妈妈今天要给你泡个舒服的澡。今晚妈妈不工作了，陪你在床上聊天，然后妈妈再来回答你的这个问题，你看可以吗？主要是妈妈现在太累了。”

“嗯，好的，太好了，今天可以泡澡了。”

我实在不想在小区的路上回答这个问题。这时朋友给我发了好几条短信，一直问我花生怎么样，还说她和先生都觉得很抱歉，让我们尴尬了，她完全没想到她的孩子会这样说话。

我赶紧回复，告诉她我和花生都没事，而且这事也不怪孩子，童言无忌。

我曾一直觉得在小忽离开这件事情上，我能多保护花生一天，就多保护一天。

虽然我从没骗过他说爸爸还可以回来，可是我也没仔细想过，到底要在哪个时候跟他说爸爸是死去了。我曾小心翼翼地用蝴蝶的死亡试探他的想法，但我发现花生是没法把蝴蝶的死亡和小忽的死亡联系在一起的。

而今天他的同龄人提出的问题，让我突然明白，小忽离世这件事，我才应该是第一个告诉他的人，而不是将来让他惊慌错愕地从别人的嘴里听到。

夜里花生躺在我身边，他心情不好，我看得出来。平时我们俩是会在床上一起挠痒痒的，他会笑着跟我求饶，但今天他往我怀里钻了又钻，像一只受伤的小鹿。

我正打算如何与花生交流时，他问道："妈妈，我爸爸没有死对不对？"

那一刻，不管我多么伤悲，我想我还是应该和我的花生谈一谈，于是我说："花生，还记得上次我们在路边看到的那只蝴蝶吗？"

"嗯，我记得，那只蝴蝶死掉了。因为它受了重伤，再也飞不起来了，所以它死掉了。”

“是的，这种没有生命迹象的现象就是死亡。但死亡的只是蝴蝶的身体，它的灵魂早就飞去了天上的大花园里。它现在过得很好，有采不完的花蜜，有看不完的风景，它很开心。爸爸呢，就和蝴蝶一样，爸爸是在深圳港大医院一间能看得见大海的房间里飞去天上的。你还记得港大医院吗？妈妈以前经常带你去那里看爸爸。”

“我不记得了，但我记得我给爸爸在医院里讲过故事。”

“嗯，就是那个医院。爸爸离开我们之前一直爱着我们俩，爸爸很爱很爱花生，如果不是因为病痛，爸爸是一万个不愿意离开我们的。但是，花生你知道吗？爸爸实在忍受不住那种疼痛了，所以就飞去了忽忽星球。”

“那爸爸飞去天上时，我当时在哪里呢？”

“你和外婆在楼下的花园里，但是妈妈知道爸爸去天上之前，一定飞去你身边深深地吻了你，因为爸爸太爱你了，他害怕你会忘记他。”

“妈妈，那爸爸离开的时候，你为什么不紧紧地抓住爸爸呢？你用力抓住他，他就不会走了。”

我不禁回想起小忽离开前的那一幕。我多想告诉花生，我有多努力地抓紧他的爸爸，只是爸爸的生命不是我想抓住就能抓住的了。

旁人从不会在我面前提起的事情，旁人一提我就会忍不住流泪的事情，被孩子无所顾忌地问了出来，我必须克制自己的情绪，好好地去回应他。

但是，我还是禁不住有些哽咽地回答着：“妈妈很用力，可还是抓不住爸爸，他的飞船力气太大了。爸爸和我挥手再见，他再也不用被病痛折磨了，妈妈看到爸爸轻松的笑脸，所以我就松手了。”

“爸爸得了什么重病，为什么得重病就会死掉呢？我好舍不得爸爸……”

这时花生开始哭了起来，我把他紧紧地搂进怀里，我太心疼他了。可是没办法，他总有一天还是会知道，有些难过和伤心是永远避免不了的。

“花生，你知道吗？爸爸从来没有害怕过死亡，他是那么勇敢和乐观。比起死亡，爸爸更害怕的是不能陪伴我们俩，不能看着你长大。爸爸希望花生也能和他一样勇敢些，爸爸虽然死了，可是你看妈妈和花生，也从来没有忘记过爸爸。我们记得他，我们会一起想念他，他就不会消失的。爸爸即使在天上，也托付妈妈每年都要给花生送生日礼物。爸爸永远都在你心里，他无论去了哪里都是你的爸爸。他说过九十多年后，就会开飞船来见花生了。”

“你也会离开我吗？九十多年以后和爸爸一起来接我是吗？”花生哭着问我。

听花生这样问，我内心特别酸楚，心里一阵翻江倒海。我努力控制着情绪，对我的花生说：“当然，不过那是很久很久很久以后的事了。现在妈妈有任务，就是陪着花生长大，陪着花生过好每一天，给花生做很多很多好吃的，给花生买很多很多玩具，妈妈的任务就是爱我的花生。而且我答应了爸爸，妈妈要胜利地完成任务，看着花生学业有成、娶妻生子。等花生老得像太爷爷那样，妈妈才离开。”

说着这些，我能感觉到我眼里的泪花是温热的，我心中的酸楚被抚平了，我微微一笑。

因为，好好爱护我的花生，是我此生美好的任务，我和花生还有长长的一生要一起过呢。多么美好！是的，我们的美好也会很多很多，我不该一提起小忽的离去就酸楚痛苦。因为我有长长的一生去爱我的花生。

就像席慕蓉说的：“挫折会来，也会过去，热泪会流下，也会收起，没有什么可以让我气馁的，因为，我有着长长的一生。”

“我不要你离开，我也不要老婆，我只要妈妈。”

花生带着哭腔说出这句，特别是他说“不要老婆”，叫我忍俊不禁。

我说：“哈哈，小傻瓜，妈妈现在陪着你呢！你现在和妈妈在一起幸福快乐，那就好好珍惜现在的时光吧！花生的心里要装着满满的爱，要记住爸爸妈妈会永远永远爱你就行了。爸爸很遗憾，不能陪伴在花生身边，可是这一点也不会影响花生将来会成长为一个懂得爱的人。不过，花生，妈妈希望你能明白，你的坚强、乐观、勇敢、幸福，乃至生活，这些都是属于你自己的，不要指望别人给你。妈妈的意思就是，不要在意别人是不是喜欢你，你并不是一个缺爱的孩子。你这颗跳动的小心脏会越来越强大，慢慢地，你就会明白，其实这个世上最爱你的人和你最爱的人，是不会因为任何事情逝去的，这就是你心底最强大的后盾，能让你无所畏惧。”

“妈妈，你也和我一样爱爸爸对吗？我很爱你，也很爱爸爸，我很想爸爸能陪我一起玩，和我疯闹。如果他能回来，我一定会扑倒他，狠狠地亲他……可是爸爸回不来了，我知道了。”

“妈妈很爱爸爸，爸爸也很爱妈妈。妈妈和你一样，每天都想见到他，就像现在，我特别希望他能用手臂抱住我们俩。可是爸爸不在身边，妈妈也和花生一样想哭，想大哭，但是我们不可以总是这样抱在一起哭。我们应该把爸爸没有看到的美好都去经历一次，我们要好好地生活，不让爸爸担心。他会一直陪着我们的，花生的爸爸是隐形超人。”

我看到花生擦干了眼泪，拉了拉自己的小被子，然后告诉我，他想睡觉了。我便安静地躺在他旁边，听着他渐渐均匀的呼吸声，直到他睡熟了，我才侧过身流了泪。

如果刚刚我只是把花生当作一个不到五岁的孩子，我想我说不出那些话。说出那些话时，其实我并没有把他当作一个孩子，我在心底是把他当作一个独立的、有思想的人的。

我没去想他会不会明白，也没去想他能不能接受，我就是要告诉一个孩子他父亲离世的事实。因此带给他的任何情绪和回应，都是他的一种自我接受和认识，我不想阻止。我只想做第一个告诉他事实的人，也想让他明白，只要他愿意，将来任何时候，他的妈妈都愿意和他谈起爸爸，谈起死亡。这并不是什么不能提的，伤痛也好，眼泪也罢，我都愿意和他一起面对。

我不知道下一次和花生这样谈到他的爸爸，谈到死亡，会是什么时候，但我知道，我一定还会告诉花生爸爸对他的爱，告诉花生爸爸曾多么勇敢地与病魔抗争，告诉花生爸爸不想离开，但爸爸已经尽力了。

随着花生年龄的增长，我能做的也只是牵着他，一步一步走向童话大门背后的现实，结果或许是残忍的，但是在这个过程中，他能感受到的应该是爱，而不是无尽的恐惧和痛苦。

未来会怎样，我真的不知道，可能会一步步走向我设想的美好愿景，也可能需要踏过荆棘、绕过险阻才能靠近理想。但无论如何，我始终相信：我努力的方向，就是美好的方向；我热爱的信仰，就是生活的模样！

“如果天国能给你们每个天使一份超能力，我希望你能多多保护花生，让我们可以天上人间一起抚养他长大。”

第四章

寄往星空邮局的信

1

我是个很会“使唤”孩子做事的妈妈，渐渐地，花生开始力所能及地为我分担许多小事。

有天晚上收完衣服，我懒洋洋地趴在床上对花生说：“小可爱，妈妈跟你玩一个‘袜子饺子’的游戏怎么样？”

“好呀，什么是‘袜子饺子’啊？”

“首先，你得先把这一只只的袜子变成一个个的饺子，然后我们俩比赛，看谁包的‘袜子饺子’多，看谁的速度快。”

“哈哈哈，好呀好呀，我一定不会输给你的哟，妈妈，你等着瞧。”花生很兴奋地接受了这个比赛。

看吧，这只“小可爱”马上“上钩”了。于是，我再教他如何将袜子包成“饺子”：“首先，你要像我这样把袜子们摊平，然后从脚指头这一端开始卷卷卷，卷卷卷，卷到‘大嘴巴’这个地方的时候，反过来，袜口往外翻叠。你看，一个‘袜子饺子’就做好啦！”

做了几次示范后，我就看着花生一遍遍地演练。

不一会儿工夫，花生就学会了，而且遇到难题，还会自己开动脑筋，寻找解决办法。反过来袜口往外翻叠，折不进去时，他就把袜子压在床上借力，腾出另一只手去更好地折叠。因为他急于想和我比赛看谁叠的速度快，所以每天只要我收衣服时，他就会跟在后面问我：“妈妈，今天的比赛要开始了吗？我来啦！”

看吧，别怕使唤孩子，使唤孩子是一件多么好玩、多么乐趣无穷的事情呢！

当然，除了学会叠衣服，小小的花生本领还多着呢！比如收捡玩具、整理书籍、清洗用具、洗完脸拧毛巾，甚至是洗发沐浴、上完厕所擦屁屁、自己独立睡觉……

我教会了花生很多日常生活里的小事，每次当他在做这些事情时，我们俩之间总能产生很多简单的快乐。

我不会严厉地强制他去做什么，我总能找到有趣的方式，引导他去完成这些“挑战”，他也总能在其中得到一种自己付出后的快乐。后来我才明白，这应该就是一种自我价值得到肯定的懵懂雏形吧。

尽管有时候我也会心疼，可每次看到花生发自内心的大笑时，每次他抱着我的头贴近他的小胸膛时，每次他都要认认真真地去遵循自己的那套规则时，我内心的感动是大于心疼的。

花生不但减轻了我身体上很多的疲累，还慰藉了我心灵上无数的疼痛。同时，通过付出，花生在潜意识里认识到了自己的能力，而且他会因为有能力帮助妈妈而感到骄傲，当得到肯定后，他又对付出充满热忱。其实我们的孩子，都是比我们更坚强、更勇敢的人。

有一次，我在卫生间里给花生洗脚。他把两只小脚泡进脚盆的那一刻，我抬起头看向他，卫生间里不太明亮的灯光下，我看到他甜甜地笑着，那模样像极了小忽。

我禁不住地回想起最后在医院的那些日子里，我每天也是这样给小忽洗脚。有一次洗着洗着，我就看到洗脚盆里滴入了一滴滴泪珠，然后小忽摸着我的头发对我说："我对不起你，让你受苦了！我不知道自己哪里来的福气，能遇到你，能娶你做我的老婆。我多想永远和你在一起，我好想兑现我对你的每个承诺，我也想能给你这样洗脚……"

如今，再看向洗脚盆里这双稚嫩又可爱的小脚，往事一幕幕浮上心头，思念汹涌，我没办法克制住那一刻决堤的泪水。

好在灯光不亮，好在花生并没有发现有泪珠滴落盆里。我低着头，一遍又一遍地抚摩着这双可爱的小脚。

原本脆弱不堪的我，因为这个可爱得像天使一样的孩子，开始想变得比谁都勇敢和坚强。

我曾想过等到花生长大了，再跟他诉说我心中的爱与痛，但随后我赶紧打消了这个想法。我意识到，只有共同经历过的回忆，才能在彼此的心里荡起涟漪。

无论我和小忽爱得多炙热、多深邃，可是花生并没有参与过我们的青春和热爱，甚至最后的死别，他也不会记起什么。所以，他并不能真的感受到我的爱与痛。

在他的记忆里，爸爸留给他的，是我讲的那些我们一起旅游的快乐瞬间，是他看到照片里爸爸笑得最开心的模样。

这些快乐和美好才是我们共同拥有的回忆，我能让他记住的应该是这些快乐才是。

后来我渐渐明白，一个成人所谓的坚强和勇敢，其实就是学会克制自己的情绪。我们要学会忍，学会藏。

情绪带领我们走向了不同的人生岔路口，一味地悲伤会让脚下的路变得越来越窄，阳光能照到的地方也只不过是方寸之地。

所以我要做的就是擦干眼泪，牵起孩子的手，带他走向更宽敞明亮的道路。无论他曾经历过什么，失去过什么，都不该影响他将来能拥有的美好。

当我们走向更宽阔的道路时，能感受到的自然就是阳光普照、惠风和畅。

可人生往往不是文字里写的那般容易。歌德曾说："没有在长夜痛哭过的人，不足以谈人生。"我曾认为我的人生里只有生死与离别，其实还有让人备受煎熬的四季与日夜。

生死和离别，或许是一段时间里最痛不欲生的打击，但之后那漫长的四季与日夜才是真正痛苦的开始。只是那时的我，再也不会以号啕大哭的方式来宣泄了。

我学会了不在人前哭泣，学会了融入集体的生活，学会了忍受寂寞，也学会了要怎么和孤独相处。人生就是如此，有些路，必须咬着牙往前走。

2

我喜欢看雨后放晴的天空，澄明阔朗，宁静安谧。它就像一颗有褶皱的心，被雨水冲刷后慢慢地被抚平，然后只留下波澜壮阔后的娴静。在旁人看来，像不曾经历过风雨一般，但其实只有天空自己知道它曾经历了什么。不去解释，也无须解释，就这样守着自己一个人的风轻云淡。

如果有人问我："这些年里让你觉得最难的是什么？"我想我会毫不犹豫地回答："是每一个未知。"

生活里有各种未知，都是我无法预料的。大多数家庭在遇到困难时，都有人可以商量，而且可以共同面对，但对我而言，更多的事情我根本没有人可以商量，我只能自己做决定，自己面对。

想着刚结婚那会儿，我一直想去学车，小忽每次都说你不用去呀，我会一辈子做你的司机，我副驾驶的位置只为你留着。可是后来他知道这个承诺不可能兑现了，于是就催着我赶紧去学车。

我问他为什么，他说道：“你也让我感受一下坐副驾驶位置的快乐嘛！”他才不会说那些伤感的话，起码那个时候，当他还能像个正常人一样生活的时候，他是绝对不会说出任何丧气的话的。

就这样在那个烈日当空的夏季里，小忽一直陪着我在驾校里练车，回家后还要在车库里让我练习怎么转方向盘。

教练曾笑着对他说：“有这么难舍难分吗？练个车都一天不落地陪着你老婆。”小忽每次都傻傻地笑着回应：“我老婆胆子小，怕你吼她，你看看她这水平，怎么考试哦，太着急了。”

我想那个时候只有他自己心里知道，这场沉痛的告别终会到来，所以他恨不得把所有能让我独立的事情都教会我。

只是那年夏天还没过完，我还没拿到驾照，小忽的病情就恶化了。直到他走后的大半年时间，我才又回到驾校里，和一群放暑假的大学生一起练车。只是熟悉的场景里，我再也见不到小忽的身影了。

我很认真也很专注地学，每天都是第一个去等着练车，我要一次性拿到驾照。因为花生马上就要上学了，我必须学会开车。以后的生活里，汽车会像我的另一双手和脚，我需要它，所以我不能再浪费任何时间。

最后，我终于用最短的时间拿到了驾照。第一天开车上路，我就去了陵园，我想给小忽看看他的小笨笨终于会开车了。只恨我学得太晚了，没机会让小忽坐在我副驾驶的位置。

我曾无数次幻想过，小忽第一次坐在我副驾驶位置上紧张的模样。

他的手可能会紧紧地抓着车窗上方的把手，他的脚会条件反射地做出无数次踩刹车的动作，他可能还会质问我："你到底是怎么拿到驾照的啊？这里要打灯啊！这里不能停车啊！这里要减速啊！哎呀，这里不可以超车啊！我不坐了我不坐了，我得跟儿子一起买个安全座椅才行……"

我好想让他知道，现在的我车技已经很厉害了，我很机灵，我还记住了他教我的倒车方法，我给花生装了安全座椅，我开车带花生去过很多地方玩……这些我多想都让小忽知道。

想让他知道也是想得到他的表扬，或者再听他故作老生常谈，说一些让我别骄傲的话。

又想起小忽曾经教我认路的事，他每次都喜欢对我说：“我就纳闷了，这条路我带你走过那么多次，你怎么又忘了？明明这个路口要转弯了，我问你，你还毫不犹豫地说下个路口，你说你每天坐副驾驶到底在看什么？”

“我在看你啊！真是伤脑筋，我就喜欢看你的侧脸啊。”

“你就是这样，每次跟你说正经事，你就乱扯这些，你叫金鱼是真的没错，你的记性真的就七秒钟。”

“啊，是吧？你刚刚说什么来着？要右转啦？”

“嗯，是的，右转以后把你卖了，你帮别人把钱数清了哈！”

然后他笑着，无奈地转头看我一眼，于是我们俩就不约而同地都笑了。

回到家，他还是耐心地拿出笔和纸，给我画着武汉三镇的线路图。手画着，嘴里说着："这是长江，这边就是你喜欢去吃饭的'新天地'，它就在汉口的长江边。那边的江边呢，就是我们以前上学时坐轮渡的地方，记得吗？那是武昌的江边，然后这里就是解放大道了，你妈妈之前工作的医院就在解放大道上，再往前走一点就是我爸妈家了。但是呢，你看，建设大道正好在这里和解放大道相交了，你知道建设大道吗？就是连接了你家和我家的那条大道。然后你看这边，你总是分不清的是这几条路，我给你一一解释一下……"

他耐心地给我讲了好多，我永远也忘不了他认真的模样。他按照适合我的方式，把一个个我们曾去过，或者他知道我会记住的那些地标物，与相关道路联系了起来，这样就方便我记住了。

"天哪，好神奇，我都记住了，原来你还有当 GPS 的潜质啊！"

"大多数武汉人都认识，只有你不认识好吗，你赶紧都记下来。"

“小哥哥，这太难了，我的大脑容量今天只能记住这几个主干道了，改天你再教我。记得下次穿帅一点，我会记得更清楚哟。”

“真是拿你没办法，算了，我过几天买张地图回来，一点一点教你吧。”

“你真是优秀，你瞧瞧你有多与众不同，别人老公都是跟老婆一起研究世界旅行地图，你倒好，教我认武汉城市路况图……”

如今，地图仍在，教我认路的他却不在了。那些在我脑海里回荡的路名清晰可见，只是再没有人告诉我哪个路口该转弯了。

我还是没能成为那个路路通的大多数“武汉人”，但我记住了我们曾经常去的街头巷尾。

当我一次次驶过解放公园路时，我都感觉仿佛进入了电影里的时空长河。我真希望这段路是开不到尽头的，它真的太美了。我相信无论我多老，每当走进这条路，我都会感觉一刹那回到了我青春的模样。

当我越是能开着车去任何地方，为生活带来便利之时，我越是忍不住地自责。

如果能早一些学会开车该多好，那样小忽就不用每一次去医院检查时，都忍着痛挤公交车了。公交车上那么多人挤来挤去，他的手臂连碰一下都难受，却还要保护我，让我站在他胸前的位置，说这里是最安全的地方。

如果我能早些学会开车，最后那一次自驾游，他或许就不用一个人疲惫地开着车了。

可当初的我，就是那么依赖他。如今回想起这些，我深深地自责着。而记忆中的他从没有过任何怨言，只是总在怪自己连最后这点保护我们的能力都没有了。

相爱的人总是把彼此都印刻在心里，不会去指责对方的不好，而是总想尽可能地给予对方自己能给予的好。

我曾深深遗憾于小忽不能与我长相厮守，如今令我更遗憾的却是一件件未能实现的小事。我总以为两个人的离别会是在很多很多年以后，那时我们不会有太多遗憾。

可现在死亡来得太快，遗憾真的堆积得太多，永远也无法一起去实现了。

但我仍会一个人去做、去承担，我知道，温柔的小忽一定会在天边为我开心，也为我骄傲的。

3

转眼又到了10月，这是我喜爱的月份。月初是小忽的生日，月末又是花生的生日。

到了10月也就到了秋季，整个武汉褪去了夏的燥热，凉风徐徐，梧桐渐黄，银杏摇曳，这个季节的武汉特别美。

平时太忙碌，我错过了很多风景，但每次小忽生辰的日子，我都会去看他。陵园在城郊，送完花生再过去，开车需要近两个小时的时间。这段时间，我可以听着喜欢的音乐，穿过熟悉的街道，再一路进入山林，来到绿树环绕的陵园。

无论我曾来过这里多少次，总也无法忘记第一次来时的场景和心情。只有在这时，才会感叹时间的流逝真的是如此迅疾，人的记忆和思念也是如此深长。

当车子刚刚进入陵园时，音箱里正好响起了孙燕姿的歌声，我的眼泪顿时滑过面颊。听着孙燕姿独特而有穿透力的嗓音，我感觉这歌声在寂静的陵园内回荡，悠长而深远，传遍了每一个角落。

这时有白鸽飞过眼前，一刹那，我竟感觉到一种说不清的温暖，遍布我的全身。我不敢相信，在陵园里，我竟想到“温暖”二字。

孙燕姿的歌声来得太巧合，就在我进入陵园时，就在我的心空空洞洞时，它来了。像是唱着我的心声，像是来安慰我。这样的巧合，带着神秘的力量，温暖的力量。我总觉得，那是来自另一个时空的温暖。

孙燕姿的这首新歌《极美》，小忽没有听过。当我在那一刻第一次听到时，我就喜欢上了。因为歌词，也因为旋律。我想她唱出了离别之人心中的万般相思和惆怅，但也给人带来希望和期望，让人相信，相爱的人们，总会相见的。

谁把星星点亮

月光明珠万丈

看清黑夜

灯熄灭也无妨

因为风再凉伞还是在身旁

就算风衣旧了仍把寒阻挡

璀璨的年华在飘逸

我们忘了沾沾自喜

最后在麦田里相聚

会集

别忘了落叶也归地

我们在麦田里相聚

等你

停好车，走了一段台阶后，我一步步地走向小忽的墓地。这个季节的花都凋谢了，只有那些常青的树木还环绕四周。这里的一切，让人感受到的，是别样的寂静和安宁。

每次来，我都会不言不语地擦拭着墓碑，抚摩着雕刻在石碑上的他的发、他的脸、他的指尖和裤脚……看着灰尘拂去后，他笑得灿烂而平和的脸，我便笑中带泪地回应着。然后坐在他身边的位置，一起看向远方。我轻轻地说着话，告诉他我来了，然后拿出写好的信，为他念道——

亲爱的小忽：

我躺在床上很久了，终于等到这一刻给你写信。虽然收不到你的点赞，也没有你的回复，可我还是想第一时间对你说：生日快乐！不管你去了哪里，这一天始终是我生命里一直都喜爱和珍惜的日子。

这段日子一直阴雨绵绵，我努力让自己保持

稳定平和的心情和状态，就是那种希望不被天气影响的一个状态。毕竟，入秋后的每一场雨都伴着湿冷，轻易地沁入人的心间，这种滋味太难受。不知道你那里天气如何，我想应该偶尔也会下雨吧，你的思念是不是已成河了？

天亮后我会去陵园看你，带着一束美丽的花，还有《人间告白》。

一次采访时，李潘老师问我有没有把书给你捎过去，我说没有，因为这场疫情让我很久没能去看你了。现在我来了，在这个特别的日子，我想坐在你身边，读一段书里我最喜欢的部分给你听。

你知道我选了哪一段吗？我想你一定会猜对，而且你一定会一边听着，一边嘴角上扬，然后自豪、骄傲，又得意着。

我喜欢你开心的样子，我也喜欢你露出酒窝的样子，即使在天堂，我想你也一定是笑容最温柔的那个天使。

如果没有这场死亡，三十三岁的这一天里，你应该是沉浸在我布置的各种惊喜和浪漫中度过的。只可惜如今，我能给你的只是这斑驳的文字和满心浓得化不开的思念了。

以前每次来看你，你都送我一路阳光。刚刚我看了天气预报，今天会一直下雨，这一次我好像不敢奢望阳光了。可是，我还是期望着你能送我阳光，那阳光是你给我的回信，是你给我的拥抱。

真可怕，我竟然说了那么多冰冷的字眼。我总是幻想着，这些如死亡般冰冷的字眼里，随时都会有新生的花破土而出。

你知道吗？一路走来，我真的就是这样抱着期望，勇敢地活着的。所有的相遇都是久别的重逢，所有的别离也都是为了来世的相遇。

你走后的这584天里，我没让你太担心吧？可我真想听你说：怎么会不担心？你这个傻丫头，你让我担心的地方太多了，所以我每天都守在你身边，可把我忙坏了。

你过得好吗？我从不相信烧纸钱的事，所以一直以来我只给你送花，我相信花香会把我的思念带给你。

没有我在你身边，你还好吗？好在那里再无病痛，一想到你摆脱了非人的折磨，我便有了一丝释怀。

天堂无泪可人间尚美，所以我只好用双倍的心，很认真地活着。怀着感恩的心去欣赏着这份美，愿你能保佑我和花生余生平安。

如果你只能有一份超能力，那就请你多去梦里看看花生，陪陪他吧。他真的太想你了，他好想你能抱一抱他……

今天我又要骗他说我去见一个很重要的朋友了，他一定又会问我很多问题，最后还要嘱咐我一定早点回。虽然他有着超乎年龄的情感认知，可我知道他只是很想做个能保护我的男子汉。

我一直都觉得我们的花生不用做什么人见人爱的人，他忧伤也好，坚强也罢，只要他觉得喜欢和舒服就行。我想你也是赞同的，对吧？

生日快乐，我的大男孩！我会做你心中那个永远值得你骄傲的女孩。我从没有任何后悔，我只是很不舍，我只是很想你，我只是不想一个人独自长大。

命运问我要做个什么样的人，我只想告诉它：我想做个温暖的人，温暖人间需要我的人，温暖天边爱我的人。

爱你的小锦

2020 年 10 月 6 日凌晨

每次给小忽写信，我都觉得我写尽了这段时间里的思念，可后来我发现，思念哪里能写得完呢？每一次写下对爱人绵延不绝的思念，也是在回头安抚那些痛的记忆，我其实是在用这种方式疗伤。所以，我才更愿意直面人生，一边抚摩痛苦，一边努力生活。

我记不清这些年里给小忽写过多少封信了，大多数信是在我最难熬的时间里写的。

我可以在信中，对小忽倾诉心中无边无际的思念，也可以把我的酸楚悲苦、寂寞孤独统统交给他。

很多时候，我不想对任何人倾诉，也无人可倾诉。有过这种经历的人都会明白，明明自己有家人、有知己，却“无处话凄凉”，只愿一个人躲起来，一个人舔舐伤口。

我们如此渴望能有默契的灵魂与自己为伴，但我们也都知道，能遇到这样默契灵魂的概率实在太小了，所以大多数人不愿意活得很清醒，他们喜欢今朝有酒今朝醉的潇洒。

可还有一群人，就是喜欢活得清醒，他们愿意直面人生，明知人生的尽头终究要归于平淡，可他们就是想留一份清醒在人间。

我想要清醒地爱一个人，哪怕由此带来的一切痛苦也都是清醒的，我也愿意与他的灵魂相知相契。而小忽，就是那个能与我灵魂相知相契的人。

所以，凄凉无处可诉时，我会选择给小忽写信。我知道，小忽总能安抚我。以前他常说自己嘴笨，不知如何安慰我。可是每次当我难过或忧伤的时候，小忽总能用他的温柔和陪伴让我开心起来。他的温柔，是最有效的治愈；他的陪伴，胜过千言万语。

小忽的一周年忌日，正是武汉封城之时，夜里我在家里写下这封信——

亲爱的小忽：

前几日我接受了一个采访，采访人问了我一个问题，就是你走后我做的最勇敢的一件事情是什么。我的回答是这一次带着花生回到了我们武汉的家。

这确实是我做的一件非常勇敢的事。你知道吗?

当我收拾房间时，打开了你的抽屉，看到了你没吃完的靶向药，还有那些我们去外地看病时来回坐车的车票和几根你的头发……我的心，顿时狂跳不止，随之感到一阵阵窒息，继而眩晕……我一直忍到晚上洗澡时，才跟着水声一起，掩面痛哭。

然后第二天又继续生活，我知道你希望我勇敢。家里的一切都如往昔一样美好，到处都是我们曾经的甜蜜回忆。床、灯、窗帘、桌子、碗碟和筷子……依然温馨而美好，它们都在，只是少了你，只是遍地都是感伤。

可当我再回想起一年前的今天时，我突然意识到，我做的最勇敢的一件事，并不是回到这个家，而是在回来前那段最难的日子里，我写了《人间告白》这本书。如果我只是在书里写下你的死亡，我想这样的一本书不仅是你不愿意看到的，也是读者不愿意接受的。

我还记得写这本书时，我是边哭边写。每次写到夜深人静时，我感觉我好像慢慢地走进了有着美好回忆的过去。我写到和你的初次相遇，写到你教我游泳，写到你表扬我吃饭的模样，写到我们婚后的甜蜜生活……我的眼泪便慢慢地收了起来，嘴角也开始慢慢上扬，我想这一定就是爱的力量。

死亡真的很可怕，它能分离我们紧紧相拥的肉体，我至今都忘不掉你的手在我手心逐渐冰冷的那种感觉。

写完《人间告白》后，我曾画了一幅告别的画。从起稿开始，那天的场景一遍一遍地在脑海中重放，我甚至让记忆无止境地放大，努力让自己记起那天的每个细节、每个瞬间。笔在纸上游走，画面呈现出来时，我哭了。你的离去带走了我的色彩，可我唯独记得你眼角的泪、床头柜上的向日葵和窗外的阳光。

死亡真的很可怕！可它永远也夺不走一个人拥有的爱的力量。

人的记忆其实是会褪色和消散的，如果时常提及或念起，就好比给褪色的老画重新晕染了色彩。所以真正的死亡是遗忘，永念必有回响。

每次给小忽写信，我都觉得我写尽了这段时间里的思念，
可后来我发现，思念哪里能写得完呢？

漫漫人生路，大概还有五十个今天这样的日子，我要在想念中度过吧，我想我一定能好好地走到终点的。到那时，我应该是个白发苍苍的老太太，坐在夕阳西下的海边，等着我的白衣少年坐到我身旁，对我说一句：“好久不见。”

有了花生，我便不再只是妻子，我更是一个母亲。
母爱的力量足够支撑我，从谷底走向山川大海。

最终我没有把这幅画收进书里，我想文字所传递的爱的力量已经足够了。画这幅画的过程，那一笔又一笔，已经带我走过最艰难的时刻了，我不愿它一直停留在书里。

死神并没有赢得这场战役的胜利，因为勇敢的人无论在哪里，都会继续在阳光里活得灿烂而耀眼！它却只能永远地躲在阴暗里不见天日，除了能在回忆里把我们惹哭，它永远都别想侵占我们的灵魂。所以亲爱的小忽，即使你去了遥远的国度，也要像我在你身边一样，继续温暖和勇敢地活着，要相信终有一天我们会再相遇的。

生活里的每一天都会在黑暗里结束，然后在光明中我们迎来崭新的另一天。你用生命给我上了一堂爱和死亡的教育课，我也想把这些温暖和勇气带给更多的人。如果我能治愈自己，我想我身上也总有一份力量是能治愈更多人的。

因为新冠肺炎疫情的影响导致武汉封城，那天下了场大雪，我拍了一段书房外的雪景视频。我想起了你，我好想去给你的墓碑擦擦雪。

今天是你的一周年忌日，原本我打算带着向日葵和爸妈一起来看你的，现在没法实现了，我很难过。所以提笔给你写了这封信，捎给远方的你，希望你别觉得孤单，我们都很想你，你一直在我们心里。

前几日我把你的衣物，还有你病了以后我穿的一些衣物都收捡起来了。我不怕面对过去，也不怕回忆往事，只是我想更好地前行。我觉得有些东西是可以放下和翻篇的，所以我会整理好它们，而不是让一切杂乱无章。

你的衣物我一件也没扔，趁着阳光好，我把它们都洗净晒干了，一件一件整理好，放进阁楼的柜子里。那一刻，我站在衣柜前静静地看着它们，看着它们，就像看到了你。

你的每一件衣服都能让我清晰地记得你穿上时的模样，以及穿着它们时，我们之间发生过的故事，一起走过的地方。我想这些回忆我会永远记得，所以不需它们时时出现来提醒我了，就让它们在阁楼的柜子里安静地睡着。

我们曾多么勇敢地和死神搏斗，如今我也会那么勇敢地与未来同行。

亲爱的小忽，一年前的今天你离去了，仿佛也带走了我的一段人生。而新的一天到来，不仅仅意味着我又长了一岁，更意味着我新的一段人生也从此开启了。

曾经有个医生对我说：“你妈妈真会挑日子生你，3月3日是个好日子，很吉利的数字，是三三不尽，也是三生三世。”所以谢谢我的妈妈在1988年3月3日生下了我，给了我第一次生命，也谢谢亲爱的小忽，在2019年3月3日给我开启了第二次生命的旅程。

你要在天上开心地笑着，看着我和花生。如果天国能给你们每个天使一份超能力，我希望你能多多保护花生，让我们可以天上人间一起抚养他长大。纵然我努力地做了很多，可我心中依旧最心疼他，但愿我的爱能令他一直感到幸福和温暖。

漫漫人生路，大概还有五十个今天这样的日子，我要在想念中度过吧，我想我一定能好好地走到终点的。到那时，我应该是个白发苍苍的老太太，坐在夕阳西下的海边，等着我的白衣少年坐到我身旁，对我说一句："好久不见。"

然后我又重回了少女时代的模样，我们又可以开始下一段人生了。

爱你的小锦

2020 年 3 月 2 日

如今重读这封信，我心中波澜依旧，但那种撕心裂肺的疼痛感已经不那么强烈了。哀痛不该是狂潮，给人生带来浊浪滔天；思念不该是旋涡，将人席卷进无底深渊。

一年后，我又写下了第二封寄往星空邮局的信。

亲爱的小忽：

今天是你离开我两年的日子。我刚刚送花生去了幼儿园，现在他已经是个中班的“小哥哥”了。你很想念他，对吧，他很好，请你放心。

平时这个时候，我就直接去工作室上班了，然后直到下午花生放学的时间，我再去接他。接着买菜回家做饭，饭后和花生一起玩，一起学习，最后洗澡睡觉。我偶尔会加班写写字、画些画，这就是我简单的日常生活了。

但今天离开幼儿园以后，我开车去陵园看你了。一路上穿过拥堵的上班早高峰，直到车辆和人烟都变少了，我就离你越来越近了。这里真安静，空气也很好。以往每次来，我都把车停在那个坡上，今天我停在了两年前第一次来这里时的位置。

我又走了一遍最后和你同行的路，想着你现在应该是一身素黑的西装模样，然后还和很多年前一样，喜欢把手臂搁在我的肩膀上，就这么无声地和我一起走着。每次来这里，我从不孤独，也没有害怕，大概是因为有你在吧。

你临走前的日子里跟我说，多年后大家就会把你忘了，说着说着你就流泪了。我知道你很舍不得亲人和朋友。

现在两年的时间过去了，亲人和朋友们都记得你，没有一个人忘记你。只是大家早已把你放在心里了，不会再时常提及，因为每个人都很忙，都有自己的生活要过，都有自己的人生要走。

我相信这么善良的你一定比我更理解大家，你也希望大家一切都好好的，对不对？

我也有新的生活要过，新的人生要走，但是我的生活里都是你，我的人生里都是你。我会天天想起你，会在给儿子讲我们的故事时想起你，会因为和大家一起出游，看到别人完整的一家三口时想起你，会一个人开着车，行驶在熟悉的街道时想起你…… 我看世间万物都会想起你，所以“想着你”已是我生命中的一部分了。

如果你能看得到我现在的生活和状态，我想你一定会为我开心和骄傲的，因为这份想念被我化作了无穷的勇气和力量，用它去好好照顾花生，去好好地生活。

一年里只有这几天，我的情绪是最低落而消极的。

对你的思念有多么不可遏止，我的心就有多难过。昨天夜里我又梦见你了，你对着我笑，然后伸手摸我的脸，我想捧住你的手时，你便开始变得模糊了……然后我的眼泪从梦里流到梦外，我就这样哭醒了。

醒来后，我看到还在熟睡的儿子，我轻轻地抱着他，然后深深地亲吻了一下。谢谢你，我亲爱的小忽，谢谢你把天使留在我身边。

和你聊聊孩子吧！

那个小时候因为睡觉最让我们辛苦的花生，现在已经是倒床就能秒睡的孩子了。而且天气再暖和一些，他就要睡自己的房间了。你肯定想不到，他很期待这一天，因为房间里堆满了他喜欢的玩具和书。倒是我反而舍不得了，但我真心为他开心，我知道他的内心是充满着爱和安全感的。

我把每天仅能跟花生在一起的时间，都安排得很充实。与花生有关的、没有能与你商量的很多事情，我就都自己做主了。我想告诉你花生很懂事，可是说出“懂事”两个字以后，又觉得心疼。他本不用这么懂事的，但是，因缘的注定，让我和他都有了本不该有的生活模样，好在他能和我一样勇敢地接受了。

有一次妈妈告诉我，花生曾跟她说：“外婆，你知道吗？其实我爸爸已经去天上了，他不会再回来了，我都知道。妈妈很想爸爸，我也想，所以我会保护妈妈。”

小忽，你看，花生是个很爱妈妈的男子汉呢！对花生，我从没在任何时候避讳谈起你。每当我们自然地谈起你时，家里人还会诧异地看看我，又看看花生，他们是在担心花生会难过，其实不会的。

两年过去了，伤口一直隐隐作痛，我用我的方式，和花生一起，平静地面对着。我相信过不了几年，花生一定会坦然地接受一切的。虽然我并没那么坚强，但是当我是妈妈这个身份时，我本能地就做了那些我坚定的事情。

总觉得给孩子讲关于死亡这个残酷的话题时，应该用一种由爱滋生出来的情感言语去表达。我相信，孩子在面对时，心里虽然会有痛，但一定也会有爱。

避而不谈、新欢忘旧爱、浑噩度日、醉生梦死……如果一个人在从三十岁走向四十岁的人生道路上，还在用这些方式去处理问题，那么他的人生也不过就是脚下的方寸之地了。

我想要走到开阔处，我希望花生也拥有一个更广阔的天地，所以我要和花生一起来面对，面对生与死，面对爱与痛。

亲爱的小忽，这个话题是不是太沉重了，那我跟你说点轻松好玩的事情吧！

我每天都在我那个小工作室里忙碌着。偶尔花生会吵着想来，有一天晚上，爸爸和花生一起陪我来拿东西，花生可开心了。爸爸假装不知道我的工作室在哪里，花生从下车开始就给爸爸“导航”，煞有介事，天生自带你的GPS潜质呢！

他是这样“导航”的：“妈妈的办公室在九楼，外公你先往这边走，再左转，然后右转，前面这个门就是了。外公快进来吧，你看这是妈妈和小怡姐姐办公的地方，上面是货物，是不是很漂亮？你快坐吧，外公。”

他的话语逗得外公笑得合不拢嘴。

我这间小小的工作室可让花生感到骄傲了，他也为我感到自豪，你看看咱们的儿子是不是很可爱？

所以，请你放心吧，为了咱们可爱的儿子，无论我因为思念你哭得多伤心，无论夜深人静时，我写了什么难受的文字，都不能阻止我拥抱第二天的朝阳。

我是个喜欢直面人生的人，你喜欢的也是我这般热情和真实，对吧？

你的一颦一笑常在我心，陪伴着我，温暖着我。可我总是很害怕每年的这一天，但是害怕的我还是一遍遍回忆着那年那天我们紧紧牵着的手。

想起妈妈总说的那句话：“活着的人才是幸福的，小忽受苦了。”一直以来，我都觉得走了的人是幸福的，因为他不需要在人间炼狱里受磨难了。

可是我渐渐发现妈妈说得对，无论我此刻因为思念有多煎熬和痛苦，可我依然还能享受和孩子、家人、朋友一起的快乐，我看到了万物的苏醒，看到了樱花的绽放，看到了阳光滋养的每一寸土地，也看到了这个越来越好的新时代，而你呢……

我改变不了你的前生，但愿我能这样热忱地活出两个人的今生，期盼着和你还能有另一段来世。

永远爱你的小锦

2021 年 3 月 2 日

我记忆中最深刻的信件均来自每年的父亲节和小忽的忌日。大概是因为这不寻常的日子，所以我记得格外清晰。

回头看这两年写的祭文，除了能看到我对小忽深挚的感情，我还看到自己年龄的增长和思想的成熟。很多时候我明明希望自己能像个小女生，但真的面对生活以后，我还是更喜欢独立又自立的自己。我想拥有更多的能力去保护我爱的人，想剩下的人生里多一些美好，少一些遗憾。

祭文里，我把我最纯真的爱恋写给小忽，是为了让他看到一个还在成长的我。我想将来我们再相见时，无论我的脸上布满多少皱纹，在他看来，我依旧还是那个不认路又爱哭爱笑的小女孩，我依旧想要他的疼爱与照顾。

每年父亲节的信，都是我写给花生的。这个美好的孩子一直陪伴在我身边，他的温暖和可爱，让我触手可及，可我依然饱含深情地给他写信。愿多年后他读到这些信时，能感受到的不是沉重，而是一份富足的爱。我当然期盼，无论过去多少年，都能收到来自花生写给我的回信，我只是想听到他心底最真切的声音，希望他一路走来，能够健康快乐。

幸好有文字，让我可以记录岁月里的苦乐、悲喜，我从中也得到了人生的感悟。人的记忆其实是会褪色和消散的，如果时常提及或念起，就好比给褪色的老画重新晕染了色彩。所以真正的死亡是遗忘，永念必有回响。

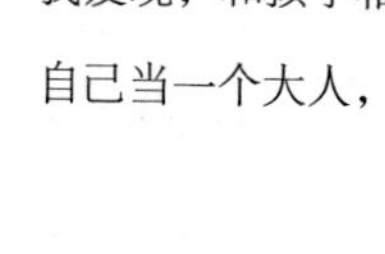

我发现，和孩子相处最快乐的秘诀，就是别太把自己当一个大人，也别当他永远是个孩子。

第五章

和孩子一起成长

1

一个母亲和一个儿子的成长之路，同一个父亲带着一个女儿的成长之路一样，会遇到各种教育带来的困苦。

小忽离开以后，我独自面对花生的成长时也遇到过很多难题。虽然之后我都一一克服了，但我知道将来一定还会有更多。毕竟在成长的路上，一个男孩不仅仅需要妈妈的爱，也需要来自爸爸的陪伴和教育，但我从没有一次因这个理由而想着要给花生再找个爸爸。我相信这世间所有的爱，都不能建立在情非得已、委曲求全之上。爱，是真心与真心的交付。爱一个人，付出真心，他才会是一个健全而温暖的人。

在和花生相处的这些年里，面对现实的日常生活，我也曾哭过无数次。现在回想起来，当时我被虐得哭兮兮的那些事情，反倒是挺有趣的。

有一次和花生去商场玩，他玩得大汗淋漓时，突然跟我说想尿尿了，我就牵着他往厕所走去。

谁知道女厕所已经排了很长的队，我只好跟着一起排队。没过多久，花生跟我说他憋不住了，于是我牵着他走到最前面的那位阿姨身边，很不好意思地对她说："阿姨，不好意思，能让我的孩子先去厕所吗？他实在憋不住了。"

阿姨低头瞥了一眼花生，回我道："小男孩来什么女厕所，你去后面排队啊！"

如果不是花生憋得受不了了，我真的不会去开这个口。开这个口时，我就很尴尬，现在被阿姨这么一回撑，大家都在看我和孩子，我便觉得更尴尬了。

我看得出她实在不愿意让，我也没多解释，就拉着花生往回走。这时一个年轻女孩让我们站在她前面，我拉着花生连声给女孩道谢，也给后面的人赔礼，还一个劲地解释着我自己不去，只是孩子憋不住了，但其实别人也没听我说什么。

看着旁边空荡荡的男厕所，我想如果小忽在该多好。身旁忍不住的花生，一个劲地扯我的衣服，我只好抱起他对他说："花生下次不可以憋尿了，当你觉得有一点尿意的时候，你就要赶紧去厕所哦。"

"可是妈妈，我就算有尿意了，不还是得排队吗？"

这回答让我一下子无言以对。

"妈妈，为什么刚刚那个奶奶不愿意让我先去呀？"

"因为那个奶奶也很急，她排了很久的队，你这样插队，换作谁都会不高兴的哦。"

"那妈妈，我明明是男生，为什么你不带我去男厕所呢？"

“因为妈妈是女生啊，我不可以进男厕所的。”

“那我是男生，你为什么要带我进女厕所？”

我记得很清楚，当时我没有回答这个问题，因为我回答不上来，我再一次无言以对。

花生说的是对的，我不知道怎么跟他解释，但我知道这个问题必须解决，我不能一直带着花生去女厕所。

武汉后期修建的新商场都配备了母婴室和儿童卫生间，可是这样的配套设施并没有普及到每个商场和每层楼。

改变不了现状，就得改变自己。所以从那之后，我便找机会教花生怎么自己去男厕所解决问题。

有一天，在一个比较高端的商场里，我们坐电梯去了靠上的楼层，因为那边没多少人。我站在男厕所外面，喊了好几声确认里面没有人之后，带着花生走了进去，这也是我第一次进男厕所。

走进去的那一刻，我感到莫名羞愧。我看到墙边一排挂墙式小便池，就赶紧告诉花生：“花生，你看看，这和我们家里你自己的小便池差不多，对不对？”

“不一样啊妈妈，这个小便池怎么这么大啊，我够不到那个洞洞口。”

这确实是个新问题。家里的儿童小便池是我自己调节的高度，来到男厕所以后，我才发现原来这里是统一的成年男人的高度，好在旁边有小朋友的梯凳，我赶紧搬过来。

“花生，你站上去试试，这样是不是就可以啦？”

“嗯！对的妈妈，这个高度刚刚好了哟。你赶紧出去吧，我要尿尿了。”

离开前，我再三嘱咐花生一定要尿到洞洞里，不可以尿到外面，尿完以后，一定要把小板凳还原，还要赶紧用洗手液洗手。

我站在外面等的时候，几个男人过来走了进去。我在心里估算着时间，感觉花生应该出来了，于是仔细地听着里面的动静，忍不住地问道：“花生，你尿完了吗？尿完了赶紧穿好裤子，把小板凳放回去，妈妈就在外面。”

“妈妈，我……这个这个……”

“花生，你哪里出了问题呀？妈妈听不清你说什么。”

我着急地想进去，半探着身子张望，以至于都能看到里面如厕的男人了。就在这个时候，一个年轻的小伙子拉着花生出现在我眼前，小伙子手里还拿着小板凳。

“妈妈，我提裤子的时候没法拿板凳，我拿了板凳，裤子就掉了，这个叔叔帮我穿好裤子了。”

我连忙微微鞠躬，对那个小伙子道谢，然后看着花生傻傻地笑着，一边洗手一边回头看我。他似乎为自己的这份小独立正高兴着呢。我刚刚紧张的心这才缓和下来，有点哭笑不得。

在花生的教育上，性别带来的一些尴尬，总是让我有些措手不及。这些教育，有时候需要书本以外的生活实践，有时候需要亲身示范，有时候则需要同性的语言和方式，我感到力不从心。

还有一次经历，让我印象也特别深刻。

那天晚上，花生给我讲他的“小弟弟”不舒服，还很疼。

我脱下他的裤子，轻轻碰一下，他都觉得难受得要命，吓得我不知道该怎么办。

这不同于感冒或者发烧，我能知道怎么处理，这种不舒服，我实在未曾感同身受过。于是我赶紧上网挂了号，第二天早早地就带着花生去了儿童医院内科检查。

一位上了些年纪的女医生大致了解了情况后，让花生脱下裤子检查。比起我小心翼翼地不敢动不敢碰，人家医生就那么随随便便向后一拉，然后说道："这孩子包皮过长了，你看看，这不是吗？要注意清洗，不然就会发炎了。没什么大事，擦点药，消消炎就好了。"

"医生，我想问问包皮过长严重吗？需要处理吗？直接这样拉开，清洗就行了吗？不会有什么影响吧？"我一脸茫然地问着。

刚刚还在低头写字的医生，听到我这一串问题，停下了笔，然后抬头看了看我。

"包皮过长而已，做个小手术就行了。现在做，或者再大一点做都可以。这个拉后面去洗洗能有什么影响，你要是觉得不方便，就让你爱人教教孩子怎么清洗就行了。”

连声道谢后，我们去药房取药。

回家的路上，我开着车，一句话也没说。电台里好像在放着故事，花生听得很认真，而我脑子里一直在想着医生刚刚说的话。“包皮过长”“手术”“向后拉”……这些词语，对我来说都是那么陌生。

我反思着自己，每天给花生洗澡的时候，确实没有去刻意清洗他的那个部位，原来是我的疏忽才让花生不舒服了。

以前，我总想着能有小忽依赖就依赖着，男孩子的事总会有爸爸教他的。那时大多也是小忽给花生洗澡，花生从没因为这些疼过，看来是我疏忽了。

原来生活中我不会、不知道的事情，远比我想象中的还要多，过去依赖别人的，现在都需要我来独自面对了。

夜里给花生洗澡时，我开始自然而然地和他提起白天的事情。

“花生，你还记得今天医生奶奶说的话吗？”

“医生奶奶说了好多话，是让妈妈要给我擦药那句吗？”

“嗯，这个也是，妈妈待会儿就给花生擦药。但是擦药之前，我们要先学会怎么给自己洗一个更加干净的澡。”

我一边给花生洗澡，一边接着说：“花生你想想，在幼儿园里，你们男生和女生是不是分开去尿尿的？妈妈带你去外面玩时，你也发现了厕所分男厕所和女厕所，对吧？因为男女有别，我们尿尿的方式是不一样的。女生尿完会用纸巾擦擦，因为这样能保持干净。你们男生和我们不一样，我记得爸爸教过花生，尿完尿以后，要轻轻抖一抖你的‘小弟弟’，让它尿干净，别弄到身上了，对吧？不过爸爸还没来得及告诉你另外一个更重要的事情，他让妈妈一定要告诉你。”

“是什么呀，妈妈？”

“爸爸说所有男生每天都会在洗澡的时候，好好地、仔细地清洗自己的‘小弟弟’，要轻轻地把这一层包裹小弟弟的外皮拉开，把里面每一个小缝隙都清洗干净，让它们都被泡泡覆盖上，最后用水冲掉。这样以后小细菌就再也没法藏在里面，不会让花生觉得疼痛了。”

我一边说着，一边示范给花生看，然后问他：“你能明白妈妈说的话吗？”

“嗯！我知道了妈妈，你看看是这样吗？我可以做到的，这个很简单。”说着，花生自己动手试了一下。

“真棒，就是这样，只要洗干净就行了，平时不要经常碰它。妈妈也会给花生买宽松的小内裤，让花生每天都舒舒服服的，再也不要这样痛了。之前是妈妈疏忽了，让花生生病了，不好意思哟，我的小可爱。”

花生用他的小手捧起我的脸，甜甜一笑，说：“我又没生气，妈妈别自责。”

白天的那点尴尬、那丝难过，都在这一刻和泡泡一起化成了水。

我曾在很长的一段时间里，害怕被人知道我是个丧偶的女性，我也惧怕那些因为没有老公而陷入的尴尬。我嘴上没有说，但是那段日子里，我知道我的心里是害怕的。

可是，生活啊，它一边给我恐惧、给我尴尬，也一边给我安慰，治愈着我。

2

今年 5 月的时候，我决定带着花生还有婆婆去上海旅游。花生想去迪士尼玩，婆婆也很久没出门旅游了。上海是她和公公当年结婚度蜜月的地方，很多年前，他们也曾带小忽来过。

临行前婆婆一直跟我说她不去，别为她浪费钱，让我自己带花生去玩就好。我发信息回了她："我替小忽陪您出去玩，别想那么多了。"

我们仨来到上海，我尽最大的能力照顾着他俩，我负责行李背包，婆婆只牵紧花生就好。一路辗转来到迪士尼，人真多。

看到来来往往的人群里多是一家三口或者情侣们，我心里真的很难受。我禁不住回想起几年前，我们一家三口在香港迪士尼玩的情景，如今却成了让人酸楚的记忆。

来到迪士尼，自然最开心的便是花生了。每个项目他都想玩，有些项目光排队就要一个小时，花生也会发发牢骚，然后就站不住了，要我或婆婆抱，我只好抱着他。

玩过几个项目，我早已筋疲力尽了，全在强撑着。我身体上感到无比疲累，看到一家三口或情侣的画面，心又会感觉疲惫。那时，只想着快点结束这个项目，给我个板凳，坐下来喝口水就心满意足了。

虽然陪着花生一起玩我也开心，但是于我内心来说，我是一万个不愿意来迪士尼的，毕竟太触景伤情了。

那一张张从我面前一闪而过的笑脸有多灿烂，我的心就有多黯淡；我身体所感受到的疲惫有多强烈，我的心就有多无助。

美好的风景，只有两个人一起看，才可以称得上美好；去看风景的路上身体虽然很累，但因为有个人可依靠、可分担，心就不会疲惫。

但我知道，这就是我的生活，这就是我要面对的人生。生活不会顾及我的想与不想，愿与不愿。

我知道我要面对的生活，不是只有我和花生组成的家那么大的天地，还有家以外更广阔、更丰富的世界。有时，我们必须向生活妥协，我们能把握的只有自己的人生，而这往往取决于你想做一个什么样的人。

我选择做一个内心坚韧、哀而不伤的人。因此，我必须坦然面对生活，这样才能更轻松地牵着花生的手，走在现实社会里。

到了夜晚，迪士尼有烟花表演。可以说疲惫了一整天的人们，很期待夜幕降临时，在欧式城堡上空绽放的烟花“盛宴”。那时的烟花，绚丽多彩，如梦似幻，让人看得如痴如醉。

随着音乐响起，烟花盛开，原本坐在地上的人们纷纷站起了身子，爸爸们也都不约而同地把孩子扛在了肩膀之上。这时本就位置靠后的我们，更是连从缝隙里都难得看到一眼烟花了。

婆婆见状，赶紧拉着花生要往前面挤，被我劝阻了。婆婆又蹲下身子，想让花生坐在她的肩头，她要学旁人一样，把花生扛起来。她生怕花生看不到烟花，也觉得别人家孩子可以享受的，她也要给孙子。

那一刻我看到婆婆蹲下的模样，心里难受极了。我知道她的想法，但是我实在不支持也不赞同这样的方式，于是我让她赶紧起身，不要这样，容易伤到身体。然后我抱起花生告诉他："花生，妈妈和奶奶没办法像别人的爸爸那样，把你扛在肩膀上，因为这需要很大的力气。妈妈和奶奶都是女生，我们没办法做到，妈妈就这样抱着你，我们找个缝隙大的地方看烟花，你看行吗？"

"可以啊，妈妈，我们去旁边一点也看得到的。"花生双手抱紧我的脖子，腿也夹紧我的胯部。

"花生真乖！你知道大家为什么都这么兴奋地想看烟花吗？"

"不知道，是不是因为很漂亮啊？"

"对呀，因为烟花和城堡，还有迪士尼的这些小伙伴，就是童话里美好的象征，大家都希望和自己爱的人一起见证这份美好，所以你看大人和小孩们都无比兴奋。妈妈现在能和你一起看，我就觉得很幸福啦。即使被人挡住了，但是也看到了烟花，我觉得很满足，你呢？”

“我也很开心和妈妈一起看了烟花，炬花真美！”

“等花生下次再来时，就会长高很多了，那个时候你应该能看得更清楚啦！”

其实，我是想让花生知道，很多事情妈妈就是没办法做到。那些做不到的事情，我不会去逞强，我宁愿选择用另外的角度去看待它。希望他能明白，就这样开心地在一起，珍惜当下，就是一种幸福了。

带花生旅行这件事，并没有因为小忽的离开就停止了。细想这几年里，我带着花生去的地方真不少。有时候是和朋友、家人们一起，有时候就是我和他两个人。

我们一起看沿路的风景，我们用心去感受这世间的快乐与美好，我们用最了解彼此的方式和对方相处。在旅行的过程中，我看到了花生的成长和改变。

我觉得，看似是我给了他一个快乐的童年，但其实是他治愈了我的伤痛之年。

我发现，和孩子相处最快乐的秘诀，就是别太把自己当一个大人，也别当他永远是个孩子。真正像朋友一样相处，其实应该就是允许他有情绪，有想法，有自己的脾气和性格，是这样的对吗?

养育孩子这条路，我还在继续摸索和探寻之中，很难说什么肯定的话，但这些实实在在的感悟，我还是愿意分享的，甚至也谈不上分享，只是对我们母子日常生活的记录而已。

3

和花生一起的日子里，我感到最无力的时候，便是他生病的时候；我感到最脆弱的时候，却是我生病的时候。

他病了，我真想代替他去承受身体之痛；我病了，我只想有一剂神药，吃下后，一觉醒来又是一条“女汉子”。

病痛时的情绪低迷和任何时候的都不太一样，换作平时，我没生病心情不太好时，便会等花生睡了，喝点酒看会儿书，然后晕晕乎乎就睡了。

可这身体一旦病了，人就没了力气，软弱不堪，连洗个菜都觉得吃力。身体一旦倒下，精神也会跟着颓靡起来，整个人浑浑噩噩的，哪儿都不舒服。

那种酸痛无力的感觉，让人只想赶紧入睡。于是我会告诉花生："妈妈生病了，今天没有办法陪你玩和读书了。现在妈妈就要睡觉了，花生可以自己照顾好自己，盖上小被子和妈妈一起进入梦乡吗？"

"妈妈，我拍拍你，你赶紧睡吧。我帮你把被子盖好，你可以牵着我的手，你乖乖闭上眼睛，不要讲话。"

我把身子转去另一边，告诉花生，我不想传染给他，然后说"晚安"。

印象里，一双暖暖的小脚钻进了我的被窝，紧紧贴着我冰冷的脚底，就这一寸的温度，足以温暖我的全身。在我无力回头时，这个小小的孩子居然开始给我盖被子，然后安安静静一声不吭。

我在昏昏沉沉之际就忘了所有的不舒服，一觉醒来已是新的一天。这时，我的被子变得那么温暖，甚至是有些热意。

我转头看到一个暖暖的小人贴着我的手，还东倒西歪地把腿压在我的身上。

那一刻我在想，他用了什么神奇的药方，就这样治好了我的病啊，爱真是这世上最神奇的药引。

我其实真谈不上是个多温柔似水的人，但我的确是一个不吝啬爱的人。不完美的我把自己最值得骄傲的情感，无私地给了我的爱人和我的孩子，像播下一粒种子一样，把爱种进了他们的心里。

如今看来，种子早已发芽开花了。花生像一个天使一样来到我的生命中，他也在我的身体里播下了感恩的种子，于是我此生便愿意为他绽放最温暖的花。

我的挚友曾对我说："好男人、好孩子都是世间可遇不可求的。"

是啊，这世间美好的人或事物，多半都是可遇不可求的。但是我认为，如果总是以完美去定义美好，那么真可能终其一生也遇不到了。

什么是好男人、好女人、好孩子？其实只要是爱的人懂得珍惜、感恩、知足，你便会发现你早已拥有了他们。

如果没有花生，我的人生肯定会有很多不堪。

我虽断然不会轻生，但一定不会这么快振作起来，我可能需要一段更漫长的时间来疗伤。可是有了花生，我便不再只是妻子，我更是一个母亲，尽管是一个才上岗五年不到的母亲，可母爱的力量足够支撑我，从谷底走向山川大海。

我在适应没有小忽的日子，其实花生也在适应没有爸爸的日子。他的快乐比我的多，比我的简单，可他的不快乐却与我的一样，来自深切的想念与深深的失落。我们发自本能地疼爱对方，其实也是本能地在治愈着对方。

我相信我不在花生身边的时候，他一定也经历过他的失落、悲伤、孤独、想念、不解、羡慕……

他有自己的生活圈，他的世界里有和他同龄的孩子，他会看到别人的家庭，也会听到别人的孩子谈论着自己的爸爸，他也会在每个父亲节里配合着学校的老师，做着父亲节的礼物，也会在无数个我可能想象不到的场合里想起他的爸爸。

这些经历或情绪，有时候他会跟我说，但大多时候他没有说，我不知道他自己都是怎么消化的。

今年父亲节，老师要孩子们录制告白爸爸的视频。

我录制时，面对镜头的花生自信、活泼、清晰地说道："我爱我的爸爸，我的爸爸给我买了很多乐高玩具，我的爸爸带我去过迪士尼……"

我本来担心这个告白爸爸的小活动会引起花生的情绪波动，但让我没想到的是，他对着镜头讲得那么开心，表情那么自然，没有任何胆怯和自卑。

看到这些，我真的忍不住想哭，是被花生的表现感动得想哭。我的花生真棒，他是个阳光小孩，是个快乐小孩！

他说的话，他的表现，在旁人看来也许是那么普通，但是在我眼里，我看到的是他的勇敢，让我骄傲的勇敢。

这也让我感到欣慰，因为小忽离开后，我一直在努力控制好自己的情绪，不想让我的悲伤影响到花生，我用我的爱让花生感受着安定和快乐。

只是让我没想到的是，花生甚至比我做得更好。我只是在照顾他、养育他，而他是在治愈我，让我学会怎样去做个妈妈。

如果有来世，你问我还要不要做妈妈，我回答不出来，但是今生，我只想做花生一个人的好妈妈，用我的前半生陪伴他成长。

虽然我也渴望和幻想过还能拥有爱情的陪伴，但转念又想，花生的长大和成人也就这十几年光景，我便马上放下了幻想。比起幻想，现实的生活才是更值得我去用时间好好珍惜的，有些美好的幻想永远只能在梦里和心底。

结婚前，我是个从不进厨房的人，会做的食物就是炸薯条和炸香肠，可算得上是我的“拿手好菜”。

但是我炸的过程，可真是拿不上台面。通常油一入锅，我就惊恐不已，赶忙用锅盖挡住脸，然后才胆战心惊、小心翼翼地靠近炉火。

如果油溅起来，我便大惊失色，大呼小叫，吓得魂飞魄散，甚至落荒而逃。

可嫁给小忽后，我就变了，我没有想过原来当我开始有了一个属于自己的家以后，我会如此迫切地渴望做好这个家的女主人。

当我走进厨房后，我也把爱融入我们的一日三餐里。对我而言，下厨房，不是因为我要做一个贤妻良母，而是我能从中得到另一种快乐。

简单的食材，经过合理搭配，精心烹调出令他们父子垂涎欲滴的美味来，能不让我快乐吗？关键是我的每一道私房菜都是既有颜值，又有内涵。它们既看着赏心悦目，又健康营养，能不让我快乐吗？

味道是一种很奇妙的东西，它本身没有记忆，但一种味道可能让你想起一个人，可能让你怀念一段往事。

味道可以与你的记忆建立奇妙的连接。

比如多年后，你回想起在某地旅行时吃过的一道美味，你首先回忆起的，便是它诱人的味道；比如有一天你走在路上，不经意间闻到一缕薄荷的清新味道，让你一刹那想到一个人。

可是，但凡是记忆，终究会越来越淡，越来越模糊。

如今我执着于给花生做饭，就是想在他的记忆里留存一份妈妈的味道，希望他的记忆深处有一份味道是妈妈的专属。

我也常怀念“妈妈的味道”，那是爱的味道。只要有爱的味道，每天不管经历什么，当花生和我围坐桌前，他总会享受到家的温暖。

所有菜肴里我最喜欢的就是汤，无论是鱼汤、排骨汤、莲藕汤、鸽子汤、鸡汤……凡是需要去慢炖才能熬出鲜汁的汤类我全爱。炖汤让我感受到烟火气息的美好，也传递出一份家的温暖。

特别是在大冬天的时候，你披着一身寒气推开家门，这时扑鼻而来的醇香，足以让人陶醉得忘掉寒冷和一天的疲倦。那香味，是家的味道。那味道，也必定是一个人一生温暖的回忆。

所以，就算我们家只有我和花生，我也要让我们的家成为花生一生温暖的港湾。

做饭虽开心，但也着实是一件磨人又累人的事情。买菜、洗菜、备菜、炒菜、洗碗、收捡……这一套下来，个中滋味，甘苦自知。

我是极其不喜欢洗碗的，以前我只负责做饭，洗碗这事都是小忽大包大揽，饭后我就做“甩手掌柜”，在一边看着小忽洗。

他特别会洗碗，既不浪费水，又能洗得干净，关键是这个洗碗工还任劳任怨、兢兢业业。

我想起了我的奶奶，如今八十多岁的她和爷爷还坚持每天自己做饭。我们这些后辈去看望他们时，奶奶还能做出一大桌子饭菜。她烧的每一道菜都和我童年里的味道一样，我竟然吃了近三十年都不觉得腻味。

我太爱奶奶做的饭菜的味道了，是那种我记忆里最幸福的童年的味道。那个味道特别神奇，能让我记起自己小时候的模样，那个被奶奶百般疼爱的小孙女的模样。

做了一辈子饭菜的奶奶从没埋怨过，反而为能给家人烧出一桌子菜而感到幸福。只是奶奶腿脚不好，没法久站，做好几个菜就要坐一会儿。每每看到我们吃完所有菜后，她都会满足地笑着，连声说："太好了！太好了！不浪费！今天的分量正好。"

这就是奶奶的幸福。我亲爱的奶奶啊，她怎么会这样无私，一生只为了子孙啊！这大概就是天底下所有的女性与生俱来的一种爱人的能力吧。

奶奶非常心疼我，每次提起我的事就泪流满面，忍不住地说：“我的小锦是最能吃苦的好孩子，她像我，能干，但是奶奶心疼啊！能干的孩子过得太辛苦了，好在你有个懂事的儿子，将来你会有福气的，只是奶奶看不到了，奶奶最放心不下的就是你。”

自己选择的人生路，不需要别人的理解，因为别人所谓的理解其实是最摇摆的风。

我们自己才应该是人生勇敢的掌舵者，一旦我们有了坚定的目标，剩下的就是乘风破浪了。

第六章

最好的治愈是不求理解

旁人不理解为什么我要劳形苦心地自己带孩子，明明有老人可以帮忙扶持，却非要把自己搞得心力交瘁。大多数人会选择让父母帮衬一下，自己可以轻松些。

他们甚至不理解我为什么要把自己的人生封闭在过去，明明有更多的活法可以选择，却偏偏一根筋想不开。

我已经记不清有多少人劝过我要赶紧走出来，赶紧找个伴儿，给孩子找个爱他的爸爸。这样我就不用一个人承担，生活就不用这么辛苦了。

我没有去解释，也没有希望他们能理解我，我只是尝试着先去理解他们。

我发现越是与我亲近之人越不会轻易说出这些，反而越是陌生的人，越喜欢提及。他们会以一种为我好的心理劝说我，我理解这份好意，但我内心是极其反感这样的人生建议的。

“理解”这个词我们常常挂在嘴边。它的意思就是“顺着条理进行详细地分析，从一定的认知上了解，明白”，是大脑的一种活动过程，因而它带有理性色彩。同时又有感性的一面，它是一个人内心的反应，因而有情感色彩。

试想在我们的人生中，我们又真正理解过谁呢？父母、爱人、子女、朋友、老师、同事、领导、陌生人……我们理解他们吗？

很多人甚至不理解自己，不理解为什么童年那么爱笑的自己，长大了以后会变得如此寡淡和清冷。真正理解一个人，其实是很难的，有时候我觉得我们不需要理解，我们需要的是共情。

我们做不到真正地去理解另外一个个体和生命，但我们可以尝试代入自己的情感，与之共情，或许这个过程，会让你发现，你似乎又理解了。

能轻易说出“走出来再找个人爱”的人，不能绝对地说他未曾经历过真正的爱情，但起码他未曾把爱情放在心中比较重的位置。

如果爱情能说有就有，说找就找，那么这世上又哪儿来那么多的单身，又哪儿来那么多不幸的婚姻？这是多么简单又浅显的道理，但很多人就是不理解。

再说说“给孩子找个好爸爸”的问题。一个男人对一个不是和自己爱人结合而生出的孩子，视如己出地给予他爱，这不是不可能，只是这样的男人太稀少了。

明知这种男人稀少，但大多数女人还是不死心地带着孩子，想搏一搏碰碰运气。她们总是抱有幻想：或许那样的男人能被自己遇到？还会自我安慰：因为他是真的爱自己，他也一定会爱我的孩子！

她们这样做，最后的目的只为了让孩子名义上能有一个

“爱他的爸爸”。这分明是情感的赌博，让我觉得可怕又可怜。

可我仔细一想，毕竟很多女性是缺乏安全感和独立性的。她们依赖男性，她们也害怕孤独，我必须要理解这样的群体。因为没有明文规定，女人就一定要独立、要自信、要自强……这些不过是一个人对自己人生价值的选择罢了，我理解，但我不会如此选择。

自己选择的人生路，不需要别人的理解，因为别人所谓的理解其实是最摇摆的风。我们自己才应该是人生勇敢的掌舵者，一旦我们有了坚定的目标，剩下的就是乘风破浪了。

风能带我们去的不是远方，是未知的迷茫，我更喜欢脚踏实地地行走，感受骄阳，经历暴雨。风在我身边吹拂，它吹干了我的衣裳，它为我带来凉爽，它给我陪伴，但它不能为我指引方向。我有自己坚定的路要走，太阳会永远在东方升起，会永远照耀在我将要前行的大地之上。

我从不奢求别人的理解，我自己的情感，我自己的选择，我自己理解就好。我允许自己在不打扰任何人的情况下，伤心、难过、痛哭，我不愿意向别人倒情感的垃圾，也不会伤心欲绝地去追问为什么会是我，为什么会是他，为什么是这样的命运。

我想要身心健康地活着，就要先接纳自己的悲伤情绪。爱什么人，爱他多久，放不放下一个人，开不开始新的恋情……这些都不是任何人能左右的，时间自然会给出它想要给我的答案，人怎么能与时间做无谓的抗衡？

真正的顺其自然，就应该是好好地珍惜当下，去努力生活，而不是寄希望和未来于任何人身上。

“生活”的前面当然得加上一个“努力”，因为这世上所有的事情都要通过努力才能换取，一段感情是，我们的成长也是。

不去真心地付出和投入感情，凭什么要求别人海誓山盟地爱你；不去努力成长，那便是圈养的猫儿狗儿，可猫儿狗儿们不也在努力讨好着主人的欢心嘛。

所以这么看来，这世上真的没有什么是不靠努力就能拥有的。

离异、丧偶的我们，其实也并不是什么特殊的群体，我们和别人一样都是在努力生活的人。这些身份只代表了我人生的经历，不是缺憾的标签。

何况缺失的一角，也会拥有人生的另一种圆满。只是，这一切都得靠自己去努力，而不是一味地寻求同情、怜悯和关爱。

过多地去寻求他人的理解，过多地去听取别人的建议，反而会成为一种思想负担。

拿起还是放下，是我们每个人一生都在挣扎和无奈的问题。或许真的要到人生的尽头，才会恍然大悟，原来这辈子无论拿起多少，最终都得放下。

我的遭遇不是个例，在这个世界上，每一天都有人在面对生离死别。

我从不愿意面对到如今的接受，如果一定要我说出是怎么做到的，我想了想，最重要的一步就是：学会接纳自己的情感，学会理解自己。

在深圳时，我常去一个按摩店里按摩，每一次都是同一个女孩为我服务。一开始，她从不多言，简短几句问候后，就开始给我按摩了。

在几个月的相处里，我们慢慢开始聊天了。我这才知道，原来她也是湖北人。有了这份老乡见老乡的心情后，她才给我讲了些她和她老公的故事，多是些琐碎的小事。

可能是因为她按摩得太舒服了，也可能是异地遇到了老乡，心生亲切，我对她说起的故事，没有拒绝，每次都很走心地倾听着。

她告诉我做按摩这行很辛苦，每天都累得浑身酸痛。而且她租的房子离店很远，坐地铁要一个多小时，有时候晚上十点半下班了，还要急急忙忙赶最后一班地铁回去给老公做饭。

她很爱她的老公，来深圳打工也全是为了他。本来她在卫校念的护士专业，可以找一份稳稳当当的工作，但是在深圳做美容和按摩能多赚点，她希望他们俩能过得更宽裕些，所以就做了这份辛苦的工作。

她还告诉我，她老公买了车，她就不用学车了，反正副驾驶总是她的位置。

听着可爱的她讲着这些故事，我在心里想：真是个傻傻的“恋爱脑”，一脸没有主见的小女生模样。

她有一搭没一搭地讲着，我有一出没一出地听着，还总在脑海里想着她描述的场景。但她从来没打听我的事情，只是说：“姐姐，你身材保养得真好，还这么年轻，你老公一定很爱你。”我每次就是笑笑，也没接她的话。

我想过，如果这个女孩是那种问东问西的人，我肯定会扯个理由和经理说退费，不会再来继续按摩了。

我来，就是为了放松身体、调理身体，不是为了找个人聊天，更不是为了让人来打听我的私生活。

后来有一天，我看到女孩的眼睛肿肿的，就关心地问她怎么了。她告诉我，因为她一直没怀孕，她的婆婆就一直逼迫她去看病、去吃药。

她压力很大，每天也很累，她老公虽然没有说什么，但是她能感受到老公很怕自己的妈妈。她觉得，因为没有孩子，有一天她可能会跟他分开。

我能听得出来，她确实非常爱她的老公，因为没有孩子，所以非常无助。但我认为，她的爱更多的是一种依赖。

所以她给我讲时，总带着一种没有了他，就不知道该怎么活下去的语气。可另一面，她还要硬撑着说老公离不开她，无论如何自己一定要争气怀孕，因为只要怀孕了，就没这些烦心事了。而且她老公的家人还会帮他们养孩子，她也不用担心养孩子的花费问题，反正婆家都会负担的，自己只管生就行。

那时我很想帮助这个女孩，我想告诉她，她的这种爱、这种观念都是不对的。可是我忍住了，我觉得自己也没什么资格去劝说别人，所以只说了一些无关痛痒的话，大概就是：你这么漂亮、这么勤快的姑娘，要好好爱自己，为自己而活才是，不要总是把希望寄托在别人身上。爱情和婚姻都不是人一生的全部内容，多想想家乡的爸妈。

当我躺下来，她开始给我按摩的时候，她突然说了一句：“昨天难过了一夜，不知道跟谁说，我也不知道怎么突然对你说了。可能因为第一天见到你，就觉得你是个很好的人，和我以前接触的客人都不太一样，今天听到姐姐这番话，我心里一下子舒服多了。我想我爸妈了，今年过节我要回去看看他们，我好几年没回去了，因为结婚了就要回男方家里过年。”

这个我才认识了几个月的女孩，对着我这样一个陌生人，居然那么信任地将自己的情感倾诉而出。我看着她擦干眼泪，然后露出了笑容，接着开始认真地做着她的工作。

她之前从没跟我推销过任何产品，那天店里的销售员来推广完产品，关门走了以后，她便悄悄对我说：“别听她的，这个套餐不划算，她是为了拉业绩。”

那一刻，我被这个女孩的诚实、坦荡和一种天然的东西打动了。

我想到了自己，从进入这个房间那天开始，我就一直在伪装和掩饰。我不曾向她流露过任何情感和信息，甚至不愿意多说话。我觉得我和她之间就是陌生人，不需要任何交集。我也不可能从这个陌生人身上得到我需要的慰藉，更重要的是我不想被她发现我是个丧偶的人。我害怕她会问我任何关于老公或者家庭的问题，我只想静静地躺着放松一下。

因为这个女孩，我才第一次想到，原来我的精神一直是这么高度紧张，内心一直排斥他人，一直拒绝面对现实。

我意识到自己当时其实是处在一个自我束缚的状态，我不愿提起我的遭遇，也不愿被人知道，日常里我刻意又紧张地回避着。

这样的状态，让我变得更加封闭自己，是下意识的自我保护，也是自我压抑。但在那个时候，我真的不知道该怎么去真正面对我的情绪，更别说去更好地化解它了。我只知道陪孩子、埋头画画、拼命上课，然后夜里喝酒，再就是哭泣。

随后，我大概有一周没有去按摩。再去的那天，女孩见到我很开心，我也很开心看到她的笑脸。

那天我像往常一样平躺下来，她给我推背的时候再次告诉我：“姐姐，你的高低背又严重了，你最近又熬夜工作了是吗？之前好不容易给你推平了，这几天又变得僵硬了。你的肝胆经也堵了，真的不要再劳累了。”

她按摩到手臂时，拿起我的左手臂，又看了一眼我手臂内侧的文身，终于忍不住开口问我了：“姐姐，之前就想问你了，我还挺吃惊你居然有个文身，这里写了什么？”

我回答她：“这是写给我先生的一段话：‘You are always in my heart.’。”

“哇，你们好浪漫啊，他的手臂上也有吗？”

“他没有，这是他去世以后，我才文上的。”

刚刚还在按摩的那双手顿时停了下来，她大概是慌了神，我都能感受到她的手，下意识地紧捏了我一下。我睁开闭着的眼睛，看到她就那么怔怔地看着我，不敢说话。

“吓到你了是吗？”

“不好意思姐姐，我不是故意的，对不起。”

“没关系，我没怪你啊，不用道歉的。”

“姐姐，你的先生一定很爱你，你也很爱他！你真坚强，我看你很少笑，但是你笑起来很漂亮。我一直以为是你性格的原因，现在想想就明白了。”

她看到我欲言又止，赶紧说道：“姐姐，你别顾虑，做我们这一行是不会碎言碎语说顾客的事情的，如果被顾客投诉或者被领导知道，就得走人了。”

我没接话，她又说：“你心里一定很难过吧，我给你按摩，你闭着眼睛休息。”

她没再问我任何问题，就是比以前更加认真地给我推拿，给我按摩。

看到我闭着眼睛流了泪，她也没说什么，默默地给我拿了纸，擦干了眼泪。

我记得这是我第一次在陌生人面前为这件事流泪，哭完以后我觉得像脱去了枷锁一样。原来让自己的情绪真实地流露出来，能让人这么轻松，虽然哭过以后并不能改变什么事实，但是改变了我的心理状态。

或许我可以不那么固执地故作坚强，或许我也可以尝试更坦然地面对。

不一定是逢人就说或者见人就哭，我依旧可以用自己的方式排解，比如写字、画画，但是在心态上，我应该打开自己，同时也放下顾忌。

毕竟并不是所有人都会去谈论别人的痛楚，也并没有那么多人真的在意我的痛楚。对别人而言，这都不过是我的事，即使谈论了、提及了，也只是他人一天中的一个瞬间而已。

从这件事以后，我和那个女孩之间发生了微妙的变化，变得更加熟悉了。

有一次按摩完之后，我正在账户上进行电子签名，每当这个时候，就有销售员见缝插针和顾客套近乎聊天。

那天那位销售员坐在我对面，看到了我项链上挂着的戒指，她一边说着好漂亮啊，一边就伸手拿了起来，我下意识地赶紧从她手里拿回。

她看了看我项链上的戒指，又看了看我手指上的戒指，马上说道："原来这是一对啊，这个好有意思，是一个大一个小吗？这是情侣戒指吧？你结婚了吗？还是准备送男朋友的呀？"

她以为我会高兴，因为她在夸我的首饰漂亮。可事实并非如此，面对这种虚伪的吹捧和八卦性质的问话方式，我当然是将全身的自我防备全部开启。我不可能在这种情况下说什么真话，流露什么真情。

给我按摩的小姑娘见状，机灵地抢在前面说了句："姐姐，你肚子饿吗？我们给顾客准备了银耳羹，我给你盛一碗吧？休息区那边还有小食，你要吃点吗？"

我马上就顺着她的话，离开了房间。

我真没想过会在这个按摩店里遇到一个那么善解人意的女孩。那年过年前的一段日子里，我们常在按摩期间聊天，我也给了她很多感情和婚姻的建议。

后来她告诉我，她年后不打算做这一行了，她决定听我的建议去把护士证考了，做白衣天使虽然累点，但是总比每天关在房里这样按摩要更有意义一些。

她还说跟她老公谈了很久，生孩子这件事情是他们俩的事，不能让父母来左右他们俩的感情，老公也答应她今年过年陪她回去看父母。

她觉得如果自己遇到和我一样的遭遇，她可能再也站不起来了，所以她很佩服我的坚强，同时也很羡慕我的独立。长久以来，她总觉得自己配不上老公，也很怕失去他，但是认识我以后，她重新认识了自己，也开始重新考虑自己的人生。

我打心底为这个女孩能做出这样的决定感到开心，能在医院里做个护士，她能得到更多的社会价值和尊重，也会让她找到属于自己的价值。我并不是说做个按摩技师不好，只是她明明可以选择，为什么不去努力一下呢?

我告诉她，一个女人能独立起来，并不意味着她就不会拥有爱情，反而正是因为她的独立，才会让她更有魅力，也能让她得到更多的尊重和平等的婚姻。

或许就是这样，我们每个人都会在自己人生的烦恼和困局里兜兜转转、迷惘无措着。突然有一天，一件事的发生，或一个人的出现，让你醍醐灌顶、茅塞顿开，你明白了一些道理。那些令你困顿了很久的事情，也终于有了一个更简单的解释和答案。

人不是一天长大的，心也不是一天就变坚强的，大概我们都是在日常的生活里，慢慢地遇见一些人，经历着一些事，然后也就逐渐成长和坚强起来了。

偶尔我会回想起这些年里遇到的人和事，感触很多。我相信所有的相遇都是冥冥中的一种安排，也是人生不可或缺的一种经历。

按摩店里的那个女孩给了我单纯和质朴的善意，但这并不意味着我会一直遇到这样的人。有时会遇到让人气愤得喘不上气的人，我便想，如果小忽在该多好，还可以保护我，不至于受这份气。但也只能想想而已，想过之后，我能做的，就是一个人擦擦眼泪。

我知道，未来注定还要遇到更多形形色色的人，如果每次都这样被他人左右，我该活得多累啊。与其这样，为什么我不用自己觉得舒服的方式去治愈自己呢？

于是，我开始坦然地去接受我新的身份、新的人生，我不是任何人定义出来的模样，也不用特意去打造任何一种人设。我应该从心底真正正视我的情绪，接纳它，而不是逃避，同时不让情绪控制我，努力让它适可而止。如此，就是我最舒适的状态了。

这辈子为爱痴狂过一次就足够了，在我奔四的路上，除了爱情，我还有更多想要去经历的人生。那些活了半辈子的人，从不会纠结有没有人理解，理智的人早已活出了自己人生的理想状态了。

学会享受孤独，你的内心就有力量，

精神就明亮，你过的每一天都会闪闪发亮。

第七章

孤独的自由

小忽走后，我没有再过什么节日了。春节、端午节、七夕、中秋节……这些曾经能让我仪式感满满地去对待的节日，如今却怎么也没法让我体会到旧时的心情了。

我曾在2021年新年来临之际，夜里坐在窗前听着烟花绽放的声音而感到一种可怕的孤独，我心中没有一点新年的喜悦。

比起窗外别家阳台上高高挂起的红灯笼，我倒是更喜欢自家院落里的清冷之味。

看着花草依着月光，微微露出一些原本的色彩，在寒冷的冬夜里看着它们彼此簇拥，冷暖与共，我竟然开始羡慕一

自己选择的人生路，不需要别人的理解，因为别人所谓的理解其实是最摇摆的风。

我们自己才应该是人生勇敢的掌舵者，一旦我们有了坚定的目标，剩下的就是乘风破浪了。

虽然是我一直在保护着他、陪伴着他，但他也在一路治愈着我、温暖着我，我们俩像土壤和树木一样，相互滋养着彼此。

“人生大概也就四个二十二年吧，我们何其有幸走过了第一个，剩下的岁月，我都会在这个时空里一直陪伴着你，直到生命尽头。”

株植物。

于我而言，新年和众多平凡的日子一样，不过又是新的一天。

当想念不再让我痛哭流涕时，我开始特别喜欢安静的环境。我理解世人在喜庆佳节时的欢愉，可我难以共情别人的快乐。

有时我也笑，可心中的悲伤终究难以掩埋，所以我并不愿意去勉强自己变得快乐起来。

如果可以，我希望在这些喧闹的节庆里，我能一个人安安静静地度过。就像新年时，我不会多热烈地狂欢一样；清明节时，我也能不过多地痛哭流涕。

每个节日、每一天，我都祈愿不要有多大的情绪波动，按照我的节奏慢慢生活就挺好。

我曾想过这个状态的形成，必然是和小忽的离世有关的，但也不是全部。经历一些事后，我深深地体悟到，身体在情绪大起大落之后会带来巨大的不适。

我们每个人的心里都住着悲伤和幸福，它们俩无论谁的声音太大，都会吵醒另一方。如果各自都能平静些，似乎彼此便能和睦相处。正所谓“不以物喜，不以己悲”，自己的情绪要自己控制，不被世俗影响。

但这绝不是一种丧，丧是对任何人和事，都不再能提起兴致和热情。我并没有这样，我心中依然有燃烧的炽热，我依然想努力好好生活，步履不停，一路向前。但一颗心再也不会有曾经的那份张扬了，也更不会再无所顾忌地对人敞开了。

如果可以，我觉得我们每个人都应该找到适合自己的生活方式，然后去好好享受，这样的一生才是有意义的。它应该和物欲无关，更多的是一种对待生活的心境。

爱的人，喜欢的事，不用太多，也别太执着。世事无完美，终有遗憾留。我们的心里可以装下遗憾，但不要装下后悔。

明白“世间好物不坚牢，彩云易散琉璃脆”，那么所有的付出和走过的路都是值得的。

偶尔在周五，我会让爸爸帮我接花生，去他们那儿住一晚。

我下班回家，一个人随便吃点，然后换上睡衣，闲闲散散地看会儿电影、翻会儿书，或者躺在床上发发呆，直到困了就躺下睡觉。

夜里偶尔会被两只野猫捕食的声音惊醒，空荡荡的房间里，书在安眠，植物在呼吸，月光穿过桂花树把影子落在我的床边，墙上的钟依然在分秒必争……

我起身坐起来，想起刚刚好像做了一个梦，但是又什么都记不起来了。我有点失落，呆呆地看着地上的树影晃来晃去，竟生出了奇异的念头：这晃动的星星点点会不会是另一个时空的语言密码，会是小忽发来的吗？

遐想一会儿，坐累了我又钻进了被窝里。我侧着身子，呆呆地看着另一个空空的隆起的枕头，它已经很久没有压陷下去的痕迹了，也没有熟悉的味道了。就这么不知道看了多久，也不知什么时候我又再次进入了睡梦中。

回想起小忽刚走的那半年里，我每晚要吃四颗到六颗褪黑素才能入睡，而且没有睡过一次囫囵觉。

后来停了药，每晚喝一杯红酒才能勉强入睡。但酒后哭的频率实在太高，还要为了孩子故作坚强，一天天硬撑着，让我感到身心疲惫。

我从不敢回家，到愿意回来，不想再离开，再到如今可以自己在这里生活，没有任何勉强和故作坚强，我在心底默默地为自己感到欣慰。

原来人一定要经历痛彻心扉后，才会知道勇敢是多么可贵的一种精神。它是自我逐渐强大的内核力量，是能治愈自我而又让自我成长的良药。

如果可以，我真想就这样一个人自在地生活下去。虽然会有无尽的孤单在等着我，但是过着自己喜欢的生活，和自己的内心和平相处，对我来说，比什么都珍贵。物欲、悲喜都不能左右自己，怀着一颗知足常乐的心，善待自己，热爱生活。

我愿把更多的精力和心思，都用在自我提升和感受生活上，这样，我终会拥有从容的笑容、清澈的眼神和温暖的内在。

这是我追求的幸福，即使我现在还不曾拥有，但我会去努力、去期待。等到我把花生培养成人，他的羽翼丰满时，我一定会过上这样的生活的。

我也不会去拒绝将来可能还会再遇见的爱情，只是我绝不会去刻意地找寻。

难能可贵的缘分如果随处可见，那还有什么值得让人一生珍惜的意义呢？在那个有缘人没有出现之前，我们都应该先和更好的自己相遇。

因为知道自己想要的是什么，也知道自己面临的是什么，所以我只需坚定信念，走下去就可以了。

小忽的离世，不该成为我人生止步不前的阻力。我要活得有勇气、有力量，那是来自我心底最深处的善意和尊重——善待自己，善待生活；尊重生命，尊重爱。

这个世界没有因为任何人的诞生或者消亡而停止过，四季交替，斗转星移，世界永远在按照它自己的规律运行着和演化着。身置其中的我们，就应该好好去感受这个世界，用自己的爱去为这个世界留下不一样的色彩。

这样的生命姿态，难道不比怨天尤人、寻死觅活更有价值吗？

只要努力好好地活着，一切都会好起来的。

一个人又怎么样？孤独又怎么样？

我们大多数人都怕孤独，但孤独在我们长长的一生里，如影相随。

正如马尔克斯在《百年孤独》里所说的：“孤独是一个陪伴人一生的伙伴，是一个既定事实，与其否认，与其抗争，与其无谓地逃避，不如接受它，拥挤的人群里让它保护你回家，周六的上午让它陪你吃早餐，整理阳光。”

我喜欢我的“孤独”，因为它真的可以“保护我回家”，可以让我一个人静静地“整理阳光”。

所以，我不排斥孤独，我将孤独融入我的生命里。我相信叔本华对孤独的定义：“孤独是精神优秀者的命运。”

我还没有达到“精神优秀”，但至少，我从孤独中得到精神自由。一味地拒绝孤独，挤出笑容，融入热闹，只会让我感觉到被无形的东西捆绑住。孤独的时候，让我感到自由，我可以更好地认识自己、了解自己，更好地与自己对话。

在我最艰难的那段日子里，我的朋友们曾给予我很多的陪伴、关心与爱。她们会约我去吃饭，陪我去我想去的地方，还时常在微信里问候我。

但是，随着时间的推移，这一切会慢慢消散的。朋友们也有自己的人生与生活，她们或陷入奔波忙碌的工作中，或挣扎于一地鸡毛的生活里。

而我，终要归于我自己的孤独里。我没有失落感，因为我坦然接受着孤独的宿命。甚至在后来，我品尝到孤独更深邃的内涵，我感觉我的精神得到了一种超脱的美好。

是的，我们能做的，就是坦然接受孤独。因为真正的孤独是不会随着时间的流逝而消失的，真正的孤独是深入骨髓的，是已融入你生命里的。

很多时候，你觉得孤独得难以承受，便想找个人陪。但是拿起手机，在通讯录里一页一页地翻着，看着朋友们的名字一个一个地出现在眼前，你却找不到一个可以陪自己的人。

即使找到一个人，你想告诉他你的孤独，可是话到嘴边却怎么也说不出，想着对方可能在忙，担心打扰他，于是就此作罢。

就算那些极度渴望陪伴的字句发送给一个人，你望眼欲穿地盯着手机屏幕，但对方却不能如你所愿地马上回应你。

甚至有的朋友故意避而不见。他或许猜到了你想说什么，而他在那时正好不想听你说这些。他或许也心情沮丧，难以释怀，他不想听孤独的字句，他只想去做能让他放松和畅快的事情。

我们能为此责备他人吗？我们要为此陷入不被理解的悲伤之中吗？真的没必要。你觉得你被抛弃、被遗忘了，那你的思想就会接收到负面情绪的暗示。

然后这些负面情绪就像长了触手一样，紧紧地抓住你的神经。它们会仰仗着你的悲伤，把你拖进更丧、更绝的怪圈里。

抑郁，看似是外界影响了自己，但实际上是自己的内核出现了问题。

但如果你跳出这个把自己的情绪看得太重要的怪圈，你也试着别太激化自己的情绪，只是以平常心去接受它，然后把更多的精力和时间放到另外一件事上，那么你就会收获截然不同的效果了。

强大的内核力量一定是在悲痛和寂寞的熔炉之中逐渐冶炼而成的，它是一种高度凝聚的精神强度。

而快乐和幸福的时候，人的大脑会亢奋，精神会漫散开来，会忘乎所以贪婪地享受。谁不愿意开怀大笑，感受被爱，正如爱情里大多数女人总渴望永远被爱被呵护一样。

但事实是，一味索取终究不会太长久，一旦被冷淡、被抛弃之后，她们就自然而然地把自己看成一个弱者，一个情感的受伤者，不明白为什么对他那么好，他却舍得这样伤害自己。

这其实就是一种内心力量的崩塌。伤痛时不敢面对自己，不敢面对孤独，却总是在渴望被爱、被关心，这是一个弱者最明显的表现。

这时候，我们要做的，就是让伤痛带来的情绪发泄适可而止，然后努力去强大自己的内核力量。虽然这个过程要忍受很多痛苦的煎熬，但你终会发现，原来应该好好感谢挫折、感谢痛苦。没有它们的激励，你可能永远都不知道，你其实是可以做你自己人生的领路人的。

周国平老师曾说过一句话："哲学给予人的是开阔的眼光、自由的头脑和智慧的生活态度，而这些品质必将造福整个人生。"

如果自己的人生需要好好与孤独共处，为何不坦然以对呢？与孤独共处，正是我们的人生哲学。对于孤独，我们应该用开阔的眼光去看待，用自由的头脑去思索，用智慧的生活态度去面对。

如此，你会更深地领悟到孤独的内涵。它并不是对自己精神上的一种折磨，相反，它是一场与自我生命的对话。

哪怕你只字未说，但如果能静心去冥想，去反思，去试着接纳自己的内心，去听到一些更真实的声音，或许就在某一刻，你所有的困顿、迷惘都会找到答案，你内心痛苦的枷锁就会打开了，会有光进来。

原来生活不是莽撞地感情用事，是需要有智慧的。

用智慧和真心去经营一段人生，过好自己的生活是很了不起的。并不是所有人都有普度众生的能力，所以我们每一个人要做的，就是先活好自己。

想想我们一生所拥有的时间，也不过八九十年，除去这已经消耗的二三十年，剩下的时间还真的不是太多。再挪去十几年培养一个孩子，剩下属于自己的时间，也不过就三四十年光景。

这三四十年如何过得精彩，是个大课题，需要我们好好去规划。在这一堂大课里，我们首先要学会的就是“享受孤独”。

学有所成后，你的内心就有力量，精神就明亮，然后就可以把专注力用在提高生活和生命的质量上。这样，即使到晚年，你的人生一定会拥有独一无二的精彩，你过的每一天都会闪闪发亮。

想到这里，我竟然感受到了一种莫名的期待和欣喜。

尾声

人生一梦

“醒醒，怎么还在睡呢？今天不是说好了要陪我去餐厅的吗？我今天要去和主厨确定好最后的菜品，你答应给我画的菜谱，下周三能给我吗？我觉得你今天过去的时候，应该再仔细地把里里外外好好看一看，尤其是后花园那个区域，那是你最喜欢的地方，或许能对你的创作有所帮助，毕竟我的餐厅里可要放满你的作品的。真是没想到，十年了，终于从一个小饭馆做到了今天的艺术餐厅。这一天我等了好久，还好这一切都有你的陪伴和见证。赶紧起来吧小懒猪，我先去做早餐了，还是煎鸡蛋、蔬菜沙拉和一杯橙汁对吧？我知道的，你要保持身材。那我还是老样子，在你对面吃热干面、煎包，再喝一杯绿豆沙。你别傻笑呀，赶紧起来吧！

“真是不容易呀，你的车技，经我每天的悉心指导，已经达到女车神级别了，怪不得感觉坐你的车越来越舒服了呢！你还记得你当年第一次开车上路时的情形吗？我要是没记错的话，你当时都没变道吧，一条道开到底。真是想想都觉得好笑，哪有人害怕变道，就永远只走一条道的。现在你就能麻溜地窜来窜去，俨然一个成熟的老司机了，但你还是要对贴着‘新手上路’的车子友好点好吗？你已经是我人生的‘女杀手’了，就别做‘马路杀手’了……又傻笑，这么多年了，还是那么喜欢傻笑。哎！没办法，谁叫我这么喜欢呢，也不知道你每天做饭时，给我喝了什么迷魂汤，结婚都快十年了，我还是这么喜欢你。仔细一想，今年 3 月 3 日就是我们结婚十周年了，我们还是去海边庆祝吧！每一年的惊喜都是你在准备，这一次换我来吧。

“你看看我选的这些菜，我来给你讲讲它们的故事吧，我怕你忘了，我要给你再讲讲。鱼香茄子，这是我们上学时最爱吃的，还记得吧，每次游泳之后，我就带你去吃，这道菜是我们青春里的味道；番茄牛腩，这是我最喜欢的一道菜，因为它是我记忆里家的味道，年轻时我不是大病了一场吗，无论是在武汉还是在深圳，你都给我做过这道菜，我真的一生难忘，看似寻常，却是那么深情的味道；鲫鱼萝卜汤，这是你最难忘的味道吧，那几年你一个人照顾孩子受苦了，我想这也是花生最爱的汤，是他那个超人妈妈的味道……你怎么哭了呢？喜欢我们餐厅的客人，也一定是喜欢我们故事的人啊，这是我们餐厅真挚和温暖的所在。别哭了，都过去了，现在我们不是好好的吗？即使将来餐厅没人喜爱了，我也为你一个人开，给你做一辈子菜。

“今年夏天真热，晚上我们去游泳吧。我看你昨天晚上看电视剧时，对着屏幕流哈喇子的模样真是太可笑了，你难道对我的身材出现了什么模糊的误解吗？你当年可是说过泳池里我是最帅的，尤其是我出水时那个‘撩发杀’的瞬间。怎么现在人到中年了，你还是觉得小奶狗更有吸引力？你呀你，‘外貌协会’一辈子了，我如果不是因为保护好我这点皮囊，怕是早被你这个大艺术家遗弃了吧？怎么还不让人说实话了，你还动起手了。好好说话，不然我也会用武力惩罚你的，我要用我的嘴巴把你封印起来，就问你怕不怕……你说别人家的夫妻们，也和我们一样每天这么幼稚地疯闹吗？我也不知道，但是我就是喜欢咱们俩这样相处，真想就这样一辈子到老啊。看着你越来越好，我真的为你开心，我还想这样陪着你，看你变得更好，我们一起加油吧。

“解放公园的秋天还是这么好看，这些树比二十年前来这里时，又高了不少。你还记得那个地方吗？每次一走到那儿，你就找理由说走不动了，非让我背你。这辈子除了你和儿子，我还没有背过别人。想起那几年在深圳看病的时候，我真的以为我要死了。我一想到再也没法保护你和儿子了，我就特别痛苦。我这么一个乐观的人，到最后也乐观不起来了。如果当时没有你在身边，我可能一天都撑不下去了。我也想过，如果真的我还是要离开了，我会用另外的方式继续陪着你和儿子，永远爱着你们的。虽然我没法再用一个肉身去保护你们，但是我相信你会感应到我的灵魂的，我不会放下你，让你太孤独的。唉……不想哭来着，可是每次回想起这些往事，我还是忍不住难受。好在一切都过去了，我比任何人都珍惜这死而复生的人生，我也比任何人都爱你。你相信这世间有永恒不灭的感情吗？ 嗯，我就知道你相信，所以那么多年前我一眼就认定了你，还好没错过。

“家里的暖气片要换一换了，冬天来时，我们就能过个暖冬了。主要是你怕冷，我倒是无所谓，被子里有我，不一样暖和嘛，我就这么抱着你睡。哈哈……我就知道你又要说这个了，这么多年了，我哪会想到，你睡觉还是这么慢。躺床上就应该秒睡啊，除非需要什么特别的活动，不然就应该享受秒睡的快乐。我还没说你呢，你这讲梦话的能力真是随着你的年龄增长而功力大增。说就说吧，可是有时候还动手动脚地打人。如此恶劣的睡眠环境下，我还是坚强地睡了这么多年，我是多么不容易，你还数落我打鼾。好啦，不和你斗嘴了，来让我看看你今天怎么这么好看呢！是不是因为要过纪念日了，所以每天都很激动啊？你想不想知道我给你准备了什么惊喜？要不我送你一个女儿吧，你不是想了一辈子女儿吗，你觉得这个惊喜怎么样？

“我亲爱的小锦，今天是我们结婚的第十个纪念日了，也是我陪你过的第二十二个生日，但我更喜欢说这是我们相爱的第二十二年了。人生大概也就四个二十二年吧，我们何其有幸走过了第一个，剩下的岁月，我都会在这个时空里一直陪伴着你，直到生命尽头。在我这个时空里，我们依然很幸福地在一起，我们的孩子依旧是花生，我们依旧是一家人，你在这里也依旧追寻着你的梦想，你也依旧有让人一见就温暖的笑容。在这个时空里，你很少哭，你也没有那么辛苦和劳累，因为有我在，我很用心地在呵护着你，爱着你。

“我曾短暂地出现在你的另一段人生时空里，那时的我曾想，你永远别忘了我。但我走后看到你的煎熬，我又盼着你能早些忘了我。可我知道，忘或不忘，都不再是我能左右的了。我唯一能做的，就是默默地陪伴着你，祝福着你，爱着你，也遵守着我的诺言。我真想让你相信，这个世界存在另外一个时空，如果你相信，那么这两个时空会在某个时刻交错。或许是在我们的梦里，或许是在迟暮之年。这个时空，一直都在交错之间存在着，要不为什么我时时刻刻都觉得你还在我身旁呢？我早已不记得曾经的任何病痛折磨了，我只记得和你在一起的时光。为了不让自己的记忆消散，我一直重复着回想我仅存的往事。

“我亲爱的小锦，我们终会再相见的。你比我想象中的还要棒，你真的是我最棒的小锦！我看到了你全部的改变和成长。我看着家人为你开心，朋友为你庆祝，陌生人为你送上祝福，我很欣慰。当然，我也看到了你在夜深人静时最迷茫无助、孤独寂寞的样子。你知道吗？越是你脆弱的时候，我越是不希望你太想我，我害怕成为你的软肋，而不是你的动力。你知道我只想你越来越好，你不应该活得那么痛苦，你应该和我一样，为了终将到来的相遇而更美好地活着，这样我们才不负此生曾深深爱过。

“我比任何人都想你，想你好，也想你快乐，但我也比任何人都了解你。我知道对你想要的人生，你一定会全力以赴，所以无论你想去哪里，去做什么，我都支持你，我也会一如既往地陪伴你。正因为有你和花生的爱，我在这里也过得很好。没有被人遗忘，原来就是灵魂的永恒。这么多年里陆陆续续来了很多故人，大家都在对我说起你。以前常听人说，‘人间的人一个个走，天上的人一个个接’，还真是如此。每次看到故人，我都激动得失声痛哭。我不知道是因为孤独得太久，还是因为久别重逢。我只希望，我最想见的你，不要来得那么快。你要平平安安地到自然的生命尽头时再来。我也是多虑了，毕竟你再也不是那个十几岁爱哭又脆弱的小姑娘了，你早就是能撑起一片天的妻子、妈妈、女儿了。

“十周年是个特别的日子，因为我已经帮你提前预见了那个更好的你，所以请相信我，就这么继续努力下去吧，你会越来越好的！不用总是那么坚强，也不用一直让自己加油，你只管听从你内心的声音就好，别怕，有我在的。”

我做了一段好长好长的梦，像人的一生那么长。

睁开眼时，泪水模糊了我的视线，枕头已经和湿漉漉的头发黏在了一起。

我躺在床上久久不愿起来，让我再好好地去感受、去回味这场梦，也让这美丽的梦境包裹着我，让我再多享受一点暖，一点爱。

直到房间仿佛被一双温柔的手从昏暗中轻轻打开，黎明的第一束光照了进来，直到闹钟像一阵阵有力量的心跳声一样地响起，我才缓缓起身，走进厨房，打开炉火，煮上两颗鸡蛋。然后，回到房间，俯身亲吻还在熟睡的花生。

“起床了花生，新的一天开始了。”

后记

提笔写下我和花生在小忽离开之后的生活，本想将它留给未来的花生，也想给自己的成长留份纪念，更希望来年再去陵园时，捎给远方的小忽。但是，写着写着，我又情不自禁地想把这些平淡中带有生活磨砺的故事分享给更多的读者，以及与我有着相似经历的人。

我当然算不上什么明灯，但我愿意把自己曾深陷泥潭、努力向阳的人生体验，分享给那些有着苦痛遭遇的人们。

我相信，文字有种精神力量，它能于无形之中激励人心。你也要相信，看似无人能懂你，但在这个世界的某个角落里，总有懂你的人，也总有人在默默地陪伴着你。

只要怀揣信念，坚强地活着，终会渡过自己的苦难。

我发自内心地感谢每一位愿意翻开此书的朋友，感谢你们的支持，以及对我和孩子的喜爱。因为你们的这份喜爱，才让《人间告白》多次加印，这是我曾经从未想过的事情。

但我也从未因此而扬扬自得、自命不凡，对我这样一位“素人”作者而言，我只有真诚的感谢与深深的感恩。

两年后的今天，我依旧记得当初写下《人间告白》的那些日夜。

在那段我最痛苦的日子里，我原本只想兑现和小忽之间的承诺，用文字记录下我们的故事。但后来我渐渐意识到，有一种叫作“自我疗愈”的力量随之而来，我想，如果我能从深海之中找到浮出水面、换得一次又一次呼吸的机会，我是不是也可以把这份力量，分享给更多正沉沦于深海之中的人们呢？

这也是我再次提笔写下这本书的初衷所在。

一个人想要治愈好自己，并再去治愈另外一群人，绝不是简单的一些文字或者图片就可以做到的。

虽然这本书的文字并不多，可我却写了近两年时间。在我看来，没有真正去经历过生活的人，是写不出真情实感的。

我不是一个小说家，我没法虚构和编造出我没有经历过的人生，甚至我也写不出任何华丽的辞藻，我只想做一个生活的亲历者和记录者。

当我因为黑夜而想念爱人到痛彻心扉时，当我因为孩子一次又一次地对我说“想见到爸爸”时，当我走在人群中看到无数对幸福的爱侣时，当我要面对养家和经济困难时……我能用什么华丽的词语去描述这些感受呢？

我甚至来不及做任何描述，我只能勇敢地去经历它、感受它，然后去接受它。

这本书写的是我生活中实实在在的经历，我始终相信生活是最好的笔者，真诚是最好的传递。

我曾在写《人间告白》时就明白了一个道理——生活并不会因为曾让我经历了死亡的风暴，就在往后余生还我一帆风顺。所以一直以来，我从不曾怠慢过生活，我珍惜活着的每一天。在这些三餐四季、柴米油盐、努力生活的每一天里，我一边培育孩子，一边走出泥泞。

我并不想活出任何人心中的样子，我只是做了一个母亲该做的事情，只是走了一段女人需要自我成长的路程。

《人间告白》记录了一个女孩的爱情与成长，这本书呈现的是一个女孩走向女人的历练之路。

我曾渴望自己一直是一个少女，无论容颜或者体态，都能一直青春和稚嫩。我记得二十九岁最后一天的我，是多么惧怕三十岁的到来。

但是在经历了与挚爱的生离死别，经历了独自抚养一个孩子，经历了养家与追寻梦想以后的今天，我发现如今这个成熟、独立、自强、果敢又无所畏惧的自己，才是我心里最爱的样子。

女人一生有各种身份，每一种身份都象征着一段旅程。我曾不留遗憾地完成了妻子的这段旅程，我还想继续用心地走完作为妈妈、作为女儿、作为一个女人自己的旅程。

从女孩走向女人，不仅是一个身份的转换，更是一场身心的转变。

我觉得一个人应在该有的年龄去做最该做的事。

我曾轰轰烈烈地为爱疯狂、为爱执着、为爱奔赴一切，我至今仍不觉一丝后悔。可现在，对爱情，我还能这样吗？当然，如果愿意，我也可以，可是我不愿意。

很多人觉得我放不下小忽，是我太执拗、太固执，不愿走出来，但是只有我自己知道，我现在的年龄该做的事不是只有爱情。

做妻子时，我曾用尽全力奔赴爱，不留遗憾。如今，妻子这个身份已经退场，可我还拥有母亲这个角色。

既然我已经是一位母亲，我就不能自私地在这个时候再去奔赴另一场爱情，从而忽略掉一个母亲该做的事。

这个道理并不难懂，但是能理解的人却不多。因为在世俗的眼光里，一个孤单的女人是可怜的，带孩子是辛苦的，这样一辈子是不可能的。

当然不需要一辈子，爱情或许还会再来，可孩子的成长只有一次。明白了这个道理，自己会豁然开朗很多。

而且我一直认为，每个孩子都是天使，是他们选了我们作为父母，我们为何要辜负这份深情？

女人的一生永远都不止一个身份，真的不需要把任何一个身份的重量无限放大，那样会变成生命沉重的枷锁，尤其是在爱情里的身份。

这本书的所有视角，都来自我这个丧偶和单亲的母亲。

我勇敢地把自己真实的生活展现出来，并不是为了引起别人的议论和探讨。我仅仅是用了一种我坚定的信念在生活，我接纳了自己的身份。

无论丧偶或是单亲，这些身份不过就是一个标签而已，它们无法影响我继续好好生活的信念。或许这份信念对于没有任何标签的你而言，何尝不是一种慰藉的力量呢?

我经历了这么多，都在努力地活着，你又为何要丧气和悲观呢?

这本书不是要给你任何人生箴言，也不是要让同样遭受不幸的你去效仿生活，我只是想用我朴实的文字，传递出一份远方的温暖给你：

生活没你看到的那么甜，也并非你想象的那么苦。命运或许早已注定，但是人生是可以靠自己改变的。永远不要指望有人会主动拉你走出苦海，会带你改变生活现状，会给你美好的未来，我们最该指望的人，永远只有自己。

我真心地期望着四十岁的自己是这样的：

该有的皱纹就让它自然地留在脸上，该一生追求的梦想依然不曾停歇，该印刻在心里的人不再只是为他流泪，该看的好书一本也没落下，该一辈子守住的好友还一直在联系，该好好爱护的孩子，正健康快乐地成长着，该是一生港湾的家也依旧温馨舒适……至于是否有该来的那个人，一切随缘，不予强求。

再次感谢你，在茫茫书海中翻开这本书。但愿这本书，能温暖你心上的某个角落。